JN072447
ツキ」と
の物語
涼暮皐
（イラスト）ふわり

「少しばかり幸運に
頼りすぎでしたね」
樹宮名月
きみやなつき
親しみやすい令嬢

「敬語じゃなくて大丈夫ですよ」
不知火夏生
しらぬいなつき
変幻自在の元子役

水瀬懐姫（みなせなつき）
いたずら好きなクール系
成果は？

「……化けて出てやる」
砂金奈津希（いさごなつき）
ほんのり依存の天然ちゃん

「急に呼び出して悪かったな」
景行想
かげゆきそう
打算で関係を築く男

「いえいえ。それで、
お話とはなんでしょう？」

君を「ナツキ」と呼ぶまでの物語

CONTENTS

君を「ナツキ」と呼ぶまでの物語

涼暮 皐

MF文庫J

口絵・本文イラスト●ふわり

プロローグ

そのとき。エレベーターホールの隅のほうに、あの子はいた。

あの子の目の前には大人の姿。表情も髪の毛もなんだかとっても硬そうで、まるで身の周りにある全てをつまらないものだと思っているみたいな——そんな男の人だった。

その大人は言う。

『——友達は選びなさい』

低く、重く、厚く。それは世界の真理でも告げるみたいに威厳のある声音。

離れた廊下の陰に身を隠しているこちらのことなんて、もちろん気がついているはずはないのに、なぜだろう。どうしてか、自分に告げられている言葉のように聞こえた。

たぶんその言葉が、自分について言っているのだと直感したから。

何もかもがつまらない大人にとってさえ、その夜、最もつまらなかったものについての話なのだと——そんなふうに思ったからだと思う。

『お前は、それをしなければならない立場だよ』

あの子は、そんな大人の言葉を、目の前に立って静かに大人しく聞いていた。

彼女は友達だ。当時の俺には酷（ひど）くつまらなかった夜を、面白いものにできたのは彼女のお陰だった。まだ知り合ったばかりだった――たったひと晩だけの、大切な友達。

『いいね、――ナツキ』

『わかりました、父様』

あの子は、静かにそう答えた。

彼女はよい子で、よい子は大人の言うことを聞くものだ。

だから仕方がない。彼女が悪いわけじゃない。俺という存在が付き合うに値しないものだったことは、どこまで行っても俺の責任でしかなく、何も裏切られたわけでは――。


「――――」

窓の外から、小鳥のさえずる声が聞こえた。カーテンから朝日が漏れている。

絵に描いたような典型的な覚醒。背筋が少し震えたのは、春の朝に残る寒さのせいか。

「……嫌な夢見たな」

過去を夢で思い出すほど、夢のない話もないと思う。

久し振りに、あの夜のことを夢に見た。とっくに克服したはずの過去に、まだ苛まれているようでは幸先が悪すぎる――しかもよりにもよって、今日この日ってのが最悪だ。

スマホの画面を確認すれば、時刻は朝の五時を過ぎたところ。

セットしたアラームよりも早い覚醒だったが、元より今日は早起きの予定だ。

悪夢のお陰で遅刻だけはなくなったと、ここは前向きに捉えておくのがいいだろう。

なにせ本日、四月八日は、記念すべき高校の入学式なのだから。

「よし。――いい朝だ」

あえて口に出して、自分に言い聞かせるように俺は呟（つぶや）く。

家族はまだ朝を迎えていないだろう。朝食は出がけにコンビニで済ませる予定で、俺は本日の活動を開始させるためベッドから降りた。

約束の待ち合わせは七時半。

時間的にはまだ余裕があるが、慣れない通学路に予想外があっては問題だ。動き出しが早いに越したことはない。

寝間着を脱ぎ、俺は壁に掛けられている真新しい制服へ目をやった。

――私立征心館（せいしんかん）学園高等部。

それが、これから三年間を過ごす学校の名前である。

※

午前七時二十分。

約束の時間の十分前には、俺は学園の校門前に到着した。

周囲に生徒の姿は見当たらない。式は十時からで、生徒は九時半までに登校すればいいことになっているから、新学期の初日から二時間も早く登校してくる者など普通いない。

ただ、それは俺以外の、一般的な征心館（せいしんかん）生の話。

というのも、征心館学園は基本的に中高一貫制の学校で、高校からの編入学は、枠こそあれど使う者はほとんどおらず、今年の一年では俺ただひとりであるらしい。

つまりこの征心館で、俺——景行想（かげゆきそう）は新しく現れた異邦人（ストレンジャー）の立場になる。

自分以外は全員知り合い同士という環境へ、あとから飛び込んでいく決断にはなかなか勇気を要したが、それでもこれは、俺にとって絶対に必要な選択だった。

——これまでの生き方を正反対に変える。

打算的に、契約的に、損得勘定を前提に人間関係を構築する。

それが俺の、高校生活における新しい信条になるのだから。

慣れないコトをする以上は、半端にならないよう徹底するべきだと考えたわけだ。

付き合う相手は選ぶ。

利害の一致を基準に関係を築く。

——そういう人間になると決めたのだ。

「少し待ちそうかな……」

校門の裏に背を預け、小さく俺は言葉を零（こぼ）した。

周りがあまりに静かだから、もしかして忘れられているんじゃないか——なんてことを考え始めたそのときに、ちょうどひとりの女子生徒が校門を通り抜けてきた。

——こんな時間に登校してくる生徒もいるんだな。

と、少し驚きながら見たせいだろう、現れた少女と視線がまっすぐぶつかった。

「――――」

ほんの一瞬。なんだかヘビにでも睨まれたような気分になって、自分がカエルではないことを思わず確認してしまう。それくらい、なんだか圧力を感じたような気がしたのだ。

そんなはずないのに。どこからどう見たって、彼女はただ立っているだけだ。

いや、どころかその表情には、気づけば笑みが浮かべられていた。見るだけで気持ちが落ち着くような――それは柔らかく淑やかで、花の咲くような可憐な微笑み。

まるで、他人から好かれたければこういう顔をすればいい、というお手本を見せられているかと思うほど理想的な表情。纏う空気の全てで、親しみやすさを演出する態度。かと思えば、少女はそのまま小走りで俺のほうへと駆け寄ってきて――。

「すみませんっ！　もしかして、お待たせしてしまいましたか？」

制服姿の少女が、少し慌てたように訊ねてきた。

どこか高貴な印象があるのは、口調が丁寧だったからか、それともここが金持ち学校であるという先入観のせいか。いずれにせよ、初めに覚えた威圧感なんて微塵もない。

思わず呆然として、俺はまじまじ彼女を見つめてしまった。

何も言わなかったせいだろう。彼女は少し不安げな表情になって首を傾げる。

「……あの、あれ？　景行想さん……ですよね？」

「え。――あ、うん。はい、そうです。景行想です」

いつまでも黙り込んでいる場合ではない。

慌てて頷き(うなず)を返す俺に、少女はぽんと両手を打って淡い笑みを見せた。

「よかった！　ここで待ち合わせだと聞いてはいたので、そうだとは思ったんですが」

「——えっと、」

「お話はご存知ですよね？　生徒会から、案内役を頼まれたので迎えに来ました」

安心したように、ほっと胸を撫で下ろす(なでおろす)女子生徒。

今日、入学式の前に早めに登校した理由は、教科書類などの必要なものを朝のうちから受け取っておくためだ。編入学の形になった俺だけ時期がずれ込んでいた。

「なるほど……案内役、てっきり先生が来るものと思ってました」

笑顔を作って、黙り込んでいた言い訳を俺は言う。

実際、どうせなら生徒に案内してもらえるほうが幸運ではある。上手(うま)く行けば入学前に最初の友達ができるかもしれない。そういう意味では同性のほうがベターだったが、まあそこは微差だろう。これだけ取っつきやすい相手なら、最初としては気楽でいい。

「すみません、こんな早くから。今日はよろしくお願いします」

気安さを演出しつつ、まずは丁寧に応対する。

対する彼女も、どこか温かくなるような笑顔で答えた。

「敬語じゃなくて大丈夫ですよ。私も同じ一年です」

「あ、……そうなんだ？　案内役なら上級生かと思ったんだけど、今日は全部外すな」

「確かに普通はそう思うかもですね。でも私も中等部から三年間通ってますから、案内は務まりますよっ。あ、私の口調は普段からこういう感じなので、お気になさらずです」

「なるほど……なんか、いいところのお嬢様って感じするね」

「そうですか？　たぶんそれは、この学校に対する先入観だと思いますけど」

くすくすと少女は肩を揺らして、おかしそうに笑みを噛み殺す。

——奇妙な既視感に襲われたのはその瞬間だ。

なぜだろう。初対面であるはずの目の前の少女に、どこか見覚えを感じたのだ。ほんの微かな——遠い昔に、ただ一度だけすれ違ったことがあるという程度の、朧げな感覚。

手の指の先が、少しだけ震えた気がした。

「あの、……何か？」

しばらく押し黙ったまま、彼女の顔をまじまじ眺めてしまったせいだろう。

少し怪訝そうに、彼女は小首を傾げてこちらに訊ねた。

「っと、ごめん」

慌てて俺は頭を下げる。それから、

「なんか、どこかで会ったことがある気がして」

「…………」

今度は彼女のほうが押し黙ってしまう。

失敗した気がする。思わず言ってしまったが、これではまるで下手くそなナンパだ。

「いや、ごめん。やっぱり気のせいだったかも――」

「――なんだ」

短く、そして鋭く、言葉が空気を震わせた。

それが目の前の少女から発せられた言葉であると、俺は咄嗟には気づけなかった。

「だったら猫なんて被らなきゃよかった」

絶句する。すぐ目の前に立っていた人間が、一瞬で別人に入れ替わったのかと思った。そんな錯覚を本気で信じてしまいそうになるほど、目の前の少女は、ほんの一秒前とはまるで異なる空気を纏っている。

「新入りには優しくしてあげようかと思ったけど、やっぱ面倒臭いよね、こんなの。まず喋り方からして肩凝るし、あと胡散臭いし。——あんたもそう思ったでしょ？」

俺には何も答えられなかった。

もはや冗談みたいに態度を急変させた少女は、棘が刺さるような視線を俺に向ける。

——ものすごく整った顔立ちだな。

と、そのとき初めて思った。あまりにも今さらな感想だったけれど。

赤の交じった、肩ほどの長さのブラウンの髪。その下で、意志の強さを反映するような大きな瞳が、重い光を放って見える。

明確に不機嫌な表情になったことで、それでもかわいらしさを感じる顔つきが逆に強調されたようだった。恐ろしいほどの美人であると、敵意を感じて初めて気がつく。

「で、どこであたしを見たって？」

一人称すら微妙に変えて、彼女はつまらなそうに訊ねてくる。

——本当に、信じられないくらいの豹変だ。

誰だって、時と場合に応じて仮面くらいは被るだろう。本当に完全な素の状態を、常に晒している奴のほうがきっと稀だ。

だが、ここまで徹底して演技をしている人間を見たのはさすがに初めてだった。

ここまで完璧だった演技を、あっさりやめてしまう人間を見るのも。

「……いや、悪い。たぶん単なる勘違いだ」

少し間があってから俺は言った。

「ふぅん？」

片目を見開いて、彼女は口をへの字にする。それから続けて、

「わたしが態度変えても、特に気にしないんだ？　演技は悪くなかったと思うんだけど」

少しだけ態度が軟化した――ように思えた。

俺は首を振って彼女に答える。

「いや、充分すぎるくらい驚いたけど」

「そうは見えないけど……まあ別にいいか。あんた、ちょっと変わってるね」

「……それは俺が言われる側の台詞なのか？」

「そういうところ。普通もうちょっと気を悪くとかするんじゃないの、知んないけど」

少女は大きな溜息を零す。それから再び、こちらへ睨むような視線を向けて。

「言っておくけど、わたしのほうはあんたのことなんて――」

「…………」

「見た……ことないから。一度も。……たぶん」

「……なんでちょっと自信ない感じ？」

「う、――うるさいなあ！」

ちょっとだけ頬を赤らめて彼女は叫んだ。

俺は思わず息を呑む。気づけば視線が外せなくなっていた。

こんなに棘のある態度なのに、そういう様子はかわいらしく見えるから不思議だ。

「まあ、とにかくそういうことだから」

彼女は言った。どういうことかと視線で問う俺に、彼女はすっと目を細めて。

「少し考えればわかるでしょ。生徒会に入ってるわけでもないのに、新学期早々いきなり新入りの出迎えなんて仕事投げられて、無駄に早起きさせられて。喜んでると思う？」

「……そりゃ申し訳なかったけど」

「別に、そこはあんたの責任じゃないからいいけど。頼まれたのはわたしだし」

「あ、そう……？」

意外と律儀なことを彼女は言う。

なぜか一人称がまた変わっていた。

「でも好き好んでやってるわけじゃないから、言っとくけど。やらなくていいなら普通にやりたくなかった。その辺り、都合よく勘違いされても困るからね？」

本心だろう。善意だけで七時半に登校というのは、確かに都合のいい話だ。

俺が頼んだわけじゃない、という理屈はそれこそ彼女には関係のない話であり、たとえ嫌々でも付き合ってもらっている時点で、確かに感謝すべきである。

それに。正直に言えば、俺は《すごい》と思っていた。

——彼女が魅力的だったからだ。

最初に見た明るく友好的な態度だけではなく、そのあとに見せた険のある態度も含めた両方が、優劣なく愛らしく思えたこと。そのことに、素直に感動してしまっていた。

だって、それは矛盾だ。

他者から好かれるための完璧な仮面を、外してなお可憐に思わせるなんて、そんなのはもう反則だろう。

「ねえ。あの……黙られても困るんですけど。……なんか言ってよ」

呆然と押し黙る俺の姿を見て、彼女は目を細めて言った。

その様子は、さきほどまでとも違って、どこか困惑しているように見える。

あ、と俺は察した。たぶん、今見せたのが彼女にとって本当の素の反応だ。

ならばこの矛盾は、おそらくそのどちらも演技だったから生じたものなのだろう。素を見せたのではなく、素を見せたという演技をした——そういうことだったわけだ。

「いや、大した演技力だな、と。本当に欠片も疑えなかったから」

「……馬鹿にしてる？」

「本当に本心だよ。割と本気で感動してる。なんならコツを聞きたいと思ったくらいだ」

「————、それ本気で言ってる？」

少しの間があってから、彼女は実に怪訝そうな視線を俺に向けた。

これは、信じてもらえなかったということだろうか。参考にしたいと思ったのは嘘(うそ)でもなんでもないので、俺は頷(うなず)くしかない。

「かなり本気で言ってる」

「……変な奴(やつ)」

小さく彼女は呟(つぶや)いた。だとしてもお互い様な気はするが、それは言うまい。

と、彼女はいきなり表情を元の笑顔に戻すと、弾むような声音で。

「——では、これから校舎まで案内しますので、しっかりついてきてくださいね！」

再びの変貌。ふと気づけば、目の前には明るく優しそうな女の子の姿。

朗らかで柔らかな笑顔、跳ねるように甘い声色、少し小首を傾(かし)げた上目遣いの姿。

その全てが、さきほどまでの不機嫌な少女と同一人物とはとても思えない。

服も顔も同じままなのに、まるっきり別人に見える。演技をしているような不自然さがどこにも見られない。別の人格に切り替わったと言われたら信じてしまいそうだった。

「あれ、どうかしました？」

硬直した俺に、彼女は不思議そうに訊ねてくる。

「どうかしたのは俺じゃないんだが……」

「え、っと……？　すみません、意味がよく」

「…………」

わからないわけがないのに、本当にわからないようにしか見えない。演技だとわかっていて、それでも演技に見えないのだから、――ああ、確かにこれはどうかしている。

「いや……なんでもない。急に戻ったから、切り替えに面食らっただけだ」

「せっかくお褒めいただきましたから。こっちのほうがお好きなんですよね？」

「ならわかってんじゃねえかよ……」

いや、別にこちらが好きというわけでもないから、ある意味わかっていないけれど。

それを説明はできないし、彼女もまた気にしたような様子はなく。

「？　すみません、何か仰いましたか？」

何を言われても知りませんよ、と態度だけで語った。

降参だ。いや、むしろいいものを見せてもらったと思おう。

「……わかったよ。朝から案内ありがとう」

「いえいえ。こちらも仕事ですから、お気になさらず」

「どうぞよろしく」

「では、歩きながら建物を説明しますね。すぐに覚えるのは難しいかもですけど」

俺は別に運命論者ではない。

けれど入学の初日に、ここまで理想的な変貌を見せられたことには、さすがにちょっと思うところがあった。——それでこそ、この学校を選んだ甲斐があるというもの。

仕事だから仕方がなく、求められた通りに振る舞う。

それは、言うなれば打算的な対応だ。自分が周囲からどう見られるかを計算して、最も当たり障りのない無難な自分を出力する。それは誰もが多かれ少なかれ、無意識でやっていることに過ぎないが、もし意識的に出力すれば、ここまでの変化を生むこともできる。

なるほど、そんなことが技術でできるのなら、これは是非とも本気で習得したい。

俺にとって、それはまさしくお手本にするべき仮面の被り方だった。

今日から始まる三年間の高校生活全てを打算で設計する。

中学時代の反省を活かして新しく打ち立てた、それが俺——景行想の目標なのだから。

かつて幼少期に起きた出来事から、打算を何よりも憎んで生きてきた中学時代の自分と決別し、人間関係を互助を前提とした損得勘定で構築することを徹底する。

それこそが、誰もが自然と行っている、善良かつ本質的な人の在り方だと信じて。

その昔、幼かった自分を《失格》と切り捨てた人間と同じことをする。そう決めている俺にとって、彼女の自己演出の巧みさは拍手喝采して称えたいレベルのものだ。

まるで幼少期に俺を切り捨てた、一夜限りの友人と同じような――。

「ああ……そういえば、まだ名前を聞いてなかったよな。教えてもらってもいいか？」

ふと気づいて、俺は彼女に名を訊ねる。

少女はこちらに振り返る。その表情には完璧と称するほかにない可憐な笑顔。

それを欠片たりとも崩すことなく、少女は俺にこう名乗った。

「ナツキです」

「――なんだって？」

「不知火夏生。それが私の名前ですよ」

かつて漏れ聞こえた言葉が、その瞬間――朝の悪夢のように脳内をリフレインした。


――友達は選びなさい。


かつての俺が、心の底から反発した思想。

そして今の俺が、掌を返して正しかったのだと信じている言葉。

表情が歪む。ただの偶然と切り捨てるには、それはあまりにも運命じみていて。

「別に、覚えていただかなくても大丈夫ですよ。よくある名前ですので」

忘れられようはずがない。

小学生だった俺にトラウマを刻み込んだ、一夜限りの友人と同じ響きをした名前。

ナツキ。

それをよりにもよって今日このときに聞くなんて、こんな皮肉は予想できない。

ならやっぱり、これは運命なのかもしれない。

考えてみれば単純な話。運命とは、――何もいいことだけを指して言う言葉じゃないのだから。

※

それでもやっぱり、世界はそこまで劇的じゃない。自分の生き方を根本から捻じ曲げた少女との運命的な再会――なんて、そんなことがそうそう起こるはずもないのだから。

そう。だから目の前の彼女が、あのときの少女だなんて単なる思い込み。

このときの俺は、だって、ただ知らなかっただけなのだから。

この学校には、ナツキという名前の女子生徒が五人もいるという下らない偶然を。

――つまるところ。

この物語は、景行想（かげゆきそう）という青春の一切を諦めて打算で学校を選んだ男が、ただひとりの少女を名前で呼んでみるまでの――取るに足らない、なんでもない青春の物語である。

第一話『征心館の執事』

0／D

——人間関係とはすべからく《取引的》であるべきだ。

それを信条として高校へと進学した景行想というひとりの男——つまり俺も、入学からおよそひと月が経った今、まさかこんなことになるとは予想していなかったのが本音だ。

全ては入学の直後に出会ったふたり目のナツキに起因するのだが、ともあれ結果だけを言えば、俺は彼女のお陰で、こうして新しい生活での立ち位置を確保できている。

たとえば放課後、

「あちゃー！　今日わたし日直じゃん!?　ぬかったー……！」

なんて声が教室に響いてきたとすれば、そいつは聞き逃すことの許されないビジネスのチャンスである。

すっと顔を上げる俺。幸運の女神の前髪は、本日も美しく艶めいていらっしゃる。

メイトの女子が困ったように頭を抱えていた。視線の先では騒がしい教室の片隅で、さきほど声をあげたクラス

その隣にはもうひとりのクラスメイトの女子生徒。

「……もしかして忘れてたんですか、犬塚さん？」

その女子に問われて、犬塚は困ったような表情のまま大きく首を振った。

「いや、忘れてたわけじゃないんだけどね⁉　ただちょっとぉ……」

「……ちょっと？」

「ちょっと部活の先輩に頼みごとされて、……つい時間あるって言っちゃっててぇ……」

「早めに行かなければならない、と」

「……あうー。どうしよ、教室の掃除やってたら絶対間に合わないよね……⁉」

雨に濡れた仔犬のように、弱った声音の犬塚。

いつも元気がよく、取っつきやすい明るい性格の奴だ。見た目も振る舞いも、いかにも小動物系な愛されるキャラクターで、その名前通り小さな仔犬を思わせる。

新入りの俺にも真っ先に声をかけてくれた、愛すべきクラスメイトのひとりだった。

「むむ、こうなったら急いで片づけちゃいたいけど……！」

日直は教室の清掃に加えて日誌の記入まで行わなければならず、割と時間を喰われる。

基本はふたりで担当するため、手分けすればそこまででもないのだが、本来は犬塚とのペアだった遠藤という男子が、今日は家の都合で早退していたことを俺は思い出す。

手を抜かない、というか抜けない性格の犬塚だ。放課後も教室に残り、雑談を楽しんでいるクラスメイトたちを待っていたら、掃除は長くかかるだろう。

さて、ここで単純なクエスチョン。

友達を作るには、あるいは友達ともっと仲よくなるには、どうすればいいか。

答えは単純。

己が有用であることを——友人に足る存在であることを示せばいい。

売り込みの時間である。

「お疲れー、犬塚」

なんの気なさを装いながら、席を立って声をかける。

ぱっと花が開くように、犬塚は愛らしい笑みを浮かべた。素の反応に思えるが、本当に名前の通り、こういうところが仔犬っぽい奴だ。

「おっ、お疲れだよー、景行(かげゆき)。うぃー」

ひらひらと手を振ってくれる犬塚。

こちらも「うぃー」と共鳴（？）した俺に、けらけらと笑いながら彼女は続ける。

「景行は、今日もどっかに顔出すの？」

俺は頷(うなず)きながら、

「小さい仕事はあるけど、今日は楽なもんだよ。むしろそれまで時間潰さないと」

「そっかあ。いやまったく働き者だよね、景行は。わざわざ自分から働きに行くんだから」

「そう？」

「そうでしょ。ついでに日直も手伝ってくれない？」

——性格設定(キャラクター)が浸透しているというのは楽なものだと思う。

自分から言い出さなくても、相手のほうからこうやって頼んできてくれる。そういった意味でも、こうして《仕事》を始めたのは大正解だった。

景行想は《頼めば手伝ってくれる奴だ》という認識が広まっていれば、それだけで俺は動きやすくなる。

とはいえ、いきなりは飛びつかない。無償で使われているだけでは、中学時代から何も進歩していないままだ。――関係を結ぶ以上は、対価をしっかりと取る必要がある。

そういえば、という体を装って俺は言う。

「ああ。そっか、今日は遠藤が早退したんだっけ」

「そうなんだよー！　だから日直ひとりでやんなきゃでさー。もう大変だよ」

「オッケー。それなら掃除のほうは俺がやるよ」

「えっ!?」

俺の言葉に、犬塚が驚いて目を丸くする。俺は少しだけ笑った。

「そっちから頼んだのに驚きすぎだろ」

「や、それはそうだけど……本当にいいの？」

「日誌はさすがにやってもらうけど、掃除だけならね。ちょうどいい時間潰しになるし」

「まじ!?　それだと助かる！　わたし、これからちょっと部活の用事あってさ。日誌なら帰るまでに出せばいいから後回しにできるんだけど……でも、ホントにいいの？」

少し申し訳なさそうに、上目遣いで問うてくる犬塚。

別に、掃除が嫌いということはない。だからって好きでもないが、無心で手を動かしていればいいだけの時間は気楽だ。俺は悪戯っぽく笑ってみせる。

「もちろんタダじゃない。対価はきっちり貰ってくけど、それでもいいなら」

「う。なるほど、仕事の売り込みってワケかー。……いくらすんの？」

「ま、缶ジュース一本とかかな」

「ありゃ。なんだ、そんなんでいいんだ？」

「日誌まで代筆する場合は、喫茶店のコーヒーくらいは奢ってもらうけどね」

「あっはは！　それ、遠回しに遊びに誘ってる？」

「いや、ぜんぜん普通に仕事の報酬として言ってる。女子っぽい筆跡で日誌書くのは結構大変そうだからね。遠藤が早退したのに男の筆跡じゃ不自然になる」

「日誌の場合はそこまでするんだ……まあ、ジュースくらいならぜんぜんいいけど」

「じゃあ、交渉成立ってことで」

言いながら俺は、そのまま教室の後ろにある掃除機を取りに行く。

「ごめん、ありがと景行！　わたし、急いでるからもう行くけど――」

「問題ない。報酬のほうは、まあ思い出したら払ってくれ」

「忘れないよ！　ちゃんと奢るって！　また明日！」

手を振って去っていく犬塚を傍目に見送り、俺は掃除機を手に取った。

と、やり取りを見ていたクラスメイトの男子が、教室を出ようとしながら俺に言う。

「おう景行。明日は俺が日直なんだけど代わってくんね？」

「いいよ。学食一食で手を打とう」

「おーい！　さっきと値段違うけどー!?　女子だけ贔屓か景行くん？」

「動機が違うからだろ。掃除サボりたいだけの奴からは高めに取らせてもらう」

「んはは、そりゃ正論だな！　んじゃな景行、お疲れー」

「ん、また明日な。――つーわけでほかの連中も、掃除始めるから場所空けてくれー」

三々五々、去っていくクラスメイトを見送りながら、掃除機のスイッチをオンにする。

そこからは、ただ無言で仕事に没頭した。

入学からおよそひと月。このところは、だいぶクラスメイトたちとも打ち解けてきたと思う。入学前に想像していたより、ずっと簡単に溶け込むことができたのは幸運だった。

なにせ俺以外は全員が中等部時代からの知り合いだ。その輪の中に、学年で唯一の外部受験生として入り込むハードルを越えられた理由は、今のように、仕事を自ら買って出るキャラクターが浸透したお陰だろう。いや、正確には売って出るとでも言うべきか。

元より中学生の頃から、誰かの仕事を肩代わりすることは多かった。

明確に違いがあるとすれば、それは意図して対価を取るようになったこと。

もっと言えば、それを明確に《仕事》と表現して、売り込むようになったことだ。

それというのも――。

「――お疲れ様です、想さん。またお仕事を任されることになりましたね」

掃除を続ける俺にかけられる、穏やかで非常に丁寧な声。

クラスメイトたちが去っていった教室に残る、ひとりの少女が傍まで歩いてきていた。

「ん、お疲れ。……もしかして最初からコレ狙ってた？」

さきほど犬塚と話していた少女に、俺は訊ねる。

彼女は微笑み、いつも通りの嫋やかで落ち着いた態度のまま上品に答えた。

「たまたまですよ。犬塚さんが忙しそうだったので、わけを訊いてみただけです」

「そうか？　もともと樹宮に言われて始めた《仕事》だし、たまに未来を読んでるんじゃないかという気にすらなってくるけど」

「それは買い被りですね。想さんにお褒めいただけるのは嬉しいことですけど――」

少しの間。

同じクラスの少女は、その笑みを少しだけ悪戯っぽいものに変えて。

「ただ、少しばかり幸運に頼りすぎでしたね。ほとんど犬塚さんから言い出してました」

それがさきほどの《売り込み》に対する彼女の評価らしい。

「厳しいな……まあ確かに否定はできないけど」

「遠藤くんが早退したことを、さも覚えていなかったふうに装っていましたけど、あれは要らなかったですね。想さんのキャラクターはもう浸透していますから、初めからそれを前に出して売り込んでもよかったと思います。少し考えすぎ、と言ったところですか」

「……次から気をつけるよ、樹宮。ありがとう」

教室での立ち回りに対するダメ出し。

この会話が普通の高校生らしいかどうかは、だいぶ議論の余地があるだろう。

——彼女はフルネームを樹宮名月という。

恐ろしいほど金持ちで、恐ろしいほど頭が切れ、恐ろしいほど運動のできる——およそ弱点と呼べるところを持ち合わせていない、恐ろしいほどに完璧な美少女。

俺にとって、征心館で最初に話した相手は不知火夏生だが、最初に親しくなった相手はこの樹宮名月であった。そのことが、今の俺の立場を決定づけたと言っていいだろう。

「それにしても」

と、その樹宮は少しだけ視線を落として静かに言った。

囁くような小声で、まるで耳元で秘密を明かすかのような口調で。

「まだ私を、名前では呼んでくれないんですね？」

「…………」

「試しに呼んでみてもいいんですよ？　下の名前で、ナツキ——って」

「……恥ずかしいから遠慮しとくよ」

少し考えて俺は言う。

初対面から下の名前で呼んでほしいと要求する樹宮だったが、俺はそれを、のらくらと躱し続けていた。その名で呼ぶのは抵抗がある、なんて正直には言えなかったからだ。

果たして樹宮は、少しだけ肩を落としたような素振りを見せながら。

「――残念。それでは、また今度にしてあげます」

と、変わらぬ笑顔のままで言った。

俺としてはもう言葉もない。

人間関係をビジネスライクに――取引的に。

それが目下のところ、俺が高校生活に掲げる大きな方針である。

打算で。計算で。あくまでも相互契約に基づいて、自己利益のために他者と関わる。

別に、誰からも好かれたいとか、得をしたいとかいうわけじゃなかった。

ただそれが他者と関わって生きる上で、最も高潔で真摯な在り方だと信じているだけ。

そして樹宮名月(きみやなつき)は、まさにその生き方を体現している少女と言えた。

1

五月も二週目に入った、木曜日の朝。

これまでの高校生活を脳内で振り返りながら、俺は駅からの通学路を歩いていた。

「今のところは……上手(うま)く行ってる、と思うんだけどな……」

――かつて俺は、周囲から《いい奴(やつ)》と称されることが多い人間だった。

事実、そう思われるように自分から振る舞っていたことは否定できないだろう。

別に《いい奴》だと思われたかったという話ではない。ただ当時の俺は無暗に潔癖で、平均より愚かで、他者との関係において利害を計算することをこの上なく嫌悪していた。ほかの誰がそうしていようと、自分だけは絶対にしないと強く強く決意していた。正義感ではなかったと思う。善人を気取ったつもりもない。

だから他人の選択には口を挟む気がなく、弱者を守ろうとか和を保とうとか、そういうことも考えてはいなかった。ただ自分はしないと、その一点だけを愚直に貫いていた。単に俺自身が、人間関係の中に計算を持ち込むことが酷く苦手だったから。

あいつは人気者だから取り入っておこうとか、こいつはノリが悪いから仲間外れにしておこうとか、そういうどこにでも転がっていそうな打算を働かせるのが心底嫌いだった。

──中学生の頃は。

わかっている。今になって振り返れば、そんな野郎はいい奴でもなんでもなくただ何も考えていないだけの輩に過ぎない。やりたくないことをやらなかっただけの、程度の低い思考放棄だ。もう少し正義感でもあったほうが、まだしも救いがあったと今は思う。

誰だって打算や計算を働かせて他者と付き合っているのに。

それは自己を守るために必要不可欠で、決して糾弾されるべき悪徳ではなかったのに。

俺は幼稚な潔癖で、現実には何も生み出さない空虚な綺麗ごとを振り翳していただけのガキだったというわけだ。周囲にいる人間たちは、さぞや迷惑していたことだろう。

かくして当たり前の挫折を味わった俺は、それまでの生き方を猛省した。

高校ではせめて、もう少し真っ当にならなければならないと成長を決意した。

……まあ、そんなものは気取った表現に過ぎなくて。

現実的なことを言えば、要するに俺は《高校デビュー》を目論(もくろ)んだという話なわけだ。

——ともあれ、そんな理由で。

高校一年の景行想(かげゆきそう)は、学校で《仕事》を請け負いながら過ごしている。

「…………」

気にかかるのは、この高校で出会ったふたりの少女(ナツキ)のことである。

不知火夏生(しらぬいなつき)。

樹宮名月(きみやなつき)。

どちらも違ったベクトルで、ある種の《理想》を俺に見せつけてきたふたりの女子。

幼少期のトラウマを克服した今になって再び、かつて俺にトラウマを植えつけた少女と同じ名前の人間と出会う——それも立て続けにふたり。

運命と呼ぶには皮肉すぎると嘆くべきか、そんな珍しくもない名前とこれまで出会ってこなかったことが不思議なのか。いずれにせよ、俺以外には笑い話だろう。

まあ同じクラスの樹宮はともかく、不知火のほうとは入学してから一度も顔を合わせていない。なんなら見かけたことすらない。

とはいえ、いくら敷地が広く生徒数の多い征心館(せいしんかん)でも、同じ学年の生徒ならばどこかで顔を合わせるだろう。そのときを楽しみにして、俺は不知火を探すまではしていない。

あの天才的な変わり身は、ぜひとも参考にしたいところだし。

——現在、時刻は午前七時半。HR（ホームルーム）まで、まだ一時間以上もある早朝だ。

ゴールデンウィークも終わった朝の天気は、来たる夏の暑さを予感させる快晴だった。道が空（す）いていて楽でいい。

朝はいつも早めに登校する俺だったが、ここまで早く来ることは少ない。こんなに快適なら、明日からもこの時間に来ようかな——なんて考えるうちに、学校へと到着した。

「ふむ……どうするかな」

昇降口で上履きに履き替えながら、俺はHRまでの時間の使い方を思案してみる。

せっかくなら有意義に時間を使いたいが、やることは特に浮かばなかった。

いつものように何か《仕事》があれば楽なのだが、仕方ない。素直に教室へ向かおう。

「おや想さん、お早いですね」

「うおっ」

唐突に背後から聞こえた声に、少し驚きながら振り返る。

するといつの間にか、すぐ真後ろにひとりの女子生徒が立っていた。

「び、びっくりした……いたのか、樹宮。おはよう」

「はい。おはようございます、想さん」

綺麗（きれい）で真新しい制服に身を包んだ、俺よりも頭ひとつくらい背の低い女子生徒。

黒一色で、けれど活動的な短髪が印象的なクラスメイト——樹宮名月が、笑顔で小首を傾げながら俺を見上げていた。

「すみません、驚かせるつもりはなかったのですが。考えごとでしたか？」

「ん、いや……ちょっと早く来すぎたから、どうやって時間を潰そうかと思って。悪い、下駄箱の前で突っ立ってたら邪魔だよな」

「いえいえ。朝から想さんとお会いできて嬉しかったですよ？　早起きは得ですねっ」

自分の上履きを取り出しながら、自然な流れで照れるようなことを樹宮は言う。

彼女と知り合ったのはこの学校に入学してからなのだが、初対面からやたらと好意的な態度だから、ときどき勘違いしそうになる。樹宮が優しいのは誰に対しても同じだから、今のところなんとか火傷はしないで済んでいるのだが……正直ちょっと心臓に悪い。

「樹宮も早いけど、どっかの部活の朝練か？」

照れを誤魔化すように俺は訊ねる。

彼女の運動能力の高さは中学時代から有名だったらしく、四月の間は多くの運動部から勧誘されていた。家庭の都合か、あるいは個人の信条か、特定の部活には所属しなかった樹宮だが、それでもいくつかの運動部には持ち前の運動能力を貸している。

だからてっきり助っ人で早く来ているのかと思ったのだが、彼女は首を横に振って。

「いえ、そういうわけでは。というか、朝練にまで参加してほしいとは言われませんよ」

「あ、そうなんだ？　……まあ、そりゃそうか」

実際この学校の運動部は、そこまでレベルが高くない。

ときおり急に現れた天才が、個人競技で抜きん出た成績を出す、みたいなことなら過去なくもなかったらしいが、団体競技では例年だいたい地区止まりと聞いている。

反面、文化系の部活には、世間に名を轟かせている部も多いのだとか。

「まあ樹宮はいつも早いもんな……この時間だったのか」

俺も来るのは相当早いほうだが、それでも樹宮より先に登校したことはなかった。

だいたい最初が樹宮で、二番が俺。

その流れから、誰もいない朝の教室で話をすることは珍しくない。

「そんなに早起きして大変じゃないか？」

「三文ほど得をできると考えれば大した手間じゃないですよ。今日も得しましたし」

「へえ、そうなんだ。何かいいことあったの？」

「ありましたよ。――こうして、朝から想さんとお話しできました」

にっこりと可憐な笑みでそんなことを言う樹宮。

誰に対しても優しい奴だが、にしたって俺に対しては怖いほど好意的な気がした。

健全な男子を勘違いさせるようなことは、あまりしないでもらいたい。

「では、たまには教室までご一緒しましょうか。誰もいない教室は新鮮ですよ」

楽しそうに肩を揺らす樹宮とふたり、連れ立って校舎へ入っていく。

まず向かったのは職員室だ。最初に登校する生徒は鍵を貰ってくる必要がある。

階段を上り、廊下を進んで職員室に向かう。

と、ちょうど入口に立っていたひとりの教師が、実に僥倖とばかりに笑みを浮かべた。

「これはちょうどいいところに。愛すべき私のクラスの生徒たちじゃないですか」

「……おはようございます、桧山先生。また会うなり不吉なこと言いますね」

嫌な予感しかしない担任の言葉に、知らず表情が引き攣る。

だからって無視するわけにもいかない以上、素直に近づいて行くしかなかった。

「何か用事ですか、桧山先生？」

「そうですね……樹宮くんと景行くん。どちらか、少し頼まれてくれませんか？」

こう言われて『じゃあ樹宮よろしく』と言える男子はいないだろう。俺は片手を挙げて、

「何をすればいいですか？」

「そうですね。――ちょっとこちらへ」

桧山に引き連れられ、職員室の隅まで移動した。

担任である桧山雄一郎は、三十代くらいの比較的若い男性教諭だ。

常に白衣で身を包んだ優男然とした眼鏡顔が特徴で、この学校のＯＢでもあるらしい。

そのせいか、若手の割にはいろんなところに顔が広いと自分で言っていた。

なかなか適当な性格だが、それは言い換えれば、厳しいことを言わず融通が利くということでもある。そういう意味では、付き合いやすいタイプの教師だろう。

このひと月で見慣れた笑みを浮かべ、桧山は言う。

「できれば樹宮くんのほうにお願いしたかったんですが、まあ女子の前で格好をつけたい

という男子の意気は汲んでおくべきでしょう。私は理解のある教師ですからね」

「本当に理解のある教師は、そういうことわざわざ口にしないと思いますけど……」

これから頼みごとをするって態度じゃなさすぎる気がするのだが。

まあ、それも桧山という教師の味ではあるだろう。壁がないのはいいことだ。

無意味に胡散臭い笑みを深め、桧山は続けた。

「いえ、単に景行くんはまだ地理に明るくないだろう、と思いましてね。そういう意味で慣れている樹宮くんがいいと思っただけです。まあ景行くんにはいい機会でしょう」

「地理……？　なんの話ですか？」

「学校の北東側の端。だいたい第二部室棟の辺りなんですが、わかりますか？」

いきなりの場所の説明に、首を傾げつつ答える。

「……だいぶ遠そうだということなら」

「充分な理解です。実はそこに古い寄宿小屋があるのですが、ちょっとそこまでお使いを頼まれていただきたくて。鍵はこれです。済んだらここへ戻って鍵を返してください」

手渡された古い鍵を受け取りながら、さらに俺は首を傾げた。

「はあ……まあ構いませんけど、何をしてくれば？」

「見てくるだけですよ。その寄宿小屋に使われている形跡があるかどうかを」

「……どういう意味ですか、それ？」

「そうですね。今はひとまず何も訊かないでおいていただければ」

「なんですかそれ、こわっ……」

当然のはずの質問を、桧山ははぐらかす。

この担任はいつもそうだ。一見して実にモテそうな、甘いマスクに騙される女子がこの学校にいないのは、桧山がなぜかやたらと胡散臭く見えるせいだろう。

そのせいで無駄に不安に思いながら、俺は桧山に確認を取る。

「まさか、部外者が住み着いてるかもしれない、とか言い出さないですよね？」

「それなら生徒ではなく警察を呼んでますよ。そう思いませんか？」

「ですよね……。わかりました、それだけでいいなら」

「ありがとうございます。いやあ、景行くんならきっと引き受けてくれると思いました」

「いや、そういうのいいんで」

「おや悲しい。生徒には好かれる教師でありたいと思うのですが」

「………」

「そんな細い目で見ないでください？　悲しくなって泣いてしまいますよ。ははは」

「笑ってるじゃないですか……」

一から十まで胡散臭い教師である。別に普通のことしか言っていないはずなのに。

俺は首を振って話を戻す。

「まあ、桧山先生には《仕事》を見逃してもらってますからね。これくらいは」

するとそこで、桧山は一段、声を低くして言った。

「なんと言いますか……君もなかなか変わった生徒ですね、景行くん」

「……いや、なんですか急に」

「もともとウチは一貫校ですから、ただでさえ高等部からの生徒は珍しいですが。中でも君のようなことをやり始めた子を見るのは初めてです。面白いことを考えましたね？」

そりゃ、同じ学校の生徒から報酬取って働くような奴、そうはいないだろう。

「発案は樹宮ですよ。別に俺のアイディアじゃないです」

「それもそれで不思議なんですよ。どんな手管であのお嬢様に気に入られたんです？」

お嬢様――と、桧山は受け持つ生徒を呼んだ。俺は肩を揺らしてこう答える。

「樹宮は誰に対してもあんな感じでしょう。特に何もしてません」

「……なるほど。まあ、そういうことにしておきましょう。私の領分ではなさそうです」

なんだか含みがある態度の桧山だ。からかわれているだけならわかりやすいが、どうもそういう雰囲気ではない。何か俺の知らない話が前提になっているのだろう。

新入りである以上、こういうことは割とある。気にもしていられないので俺は流した。

桧山といっしょに樹宮の元まで戻って、頼みごとを引き受けたことを報告する。

「悪い、樹宮。これから少し働かされることになった」

「みたいですね。仕方がないので、いちばん乗りは今日も私が頂いておきます」

「そっちはまた次の機会かな。俺はちょっと、校舎の端まで歩かされてくる」

「それでしたら想さん、鞄は私がお預かりして、教室まで持っていきましょうか？」

「ああ……じゃあお願いしとこうかな」

「任されましたっ」

嬉しそうに樹宮は笑った。これで嬉しそうなのが樹宮のすごいところだろう。

笑顔で両手を出す樹宮に鞄を預ける。彼女はそれを受け取ると、

「校内の地図、スマホで送っておきましょうか？」

「……いや、そこまでは大丈夫。ありがとう」

「わかりました。それでは想さん、またのちほどです」

気が回る上に献身的で参ってしまう。これに慣れると、ダメ人間になりそうだ。

2

再び靴に履き替え、本校舎を出て外に向かう。

天気はいい。ちらほら朝練の生徒も姿を見せ始めていた。

手の中の鍵をポケットに仕舞う。考えてみれば、悪くない散策の機会だろう。

なにせ未だに行ったことがない場所のほうが多いくらいの面積だ。学校が広すぎるのも考えものらしい。この分だと、卒業まで一度も行かない場所すらあるような気がする。

「………」

さきほどまでいた、教室のある建物が本校舎だ。征心館ではいちばん大きな建物だが、

本校舎以外にも校舎は第四まで存在する。そのほか始業ベルを鳴らす時計塔や学食、図書館、ふたつある部室棟など、広い敷地の至るところに建物があった。

もちろん各運動部用の施設——室内プールやテニスコート、野球場やサッカーコートに始まり、体育館、さらにバンドや演劇用のホールまで充実のラインナップ。

もはや高校というよりは大学レベルの規模だろう。

一応、施設は中等部と共有だし、一部は征心館大学でも利用されているが。にしたってひとつの高校としては、ずいぶんと贅沢なものだと思う。

「……まあ散歩にはいいか」

人の姿がほとんどない学校は、なんだかいつもと違う雰囲気だ。遠くから朝練の部活の掛け声が響いてくるから、気配そのものは感じる。でもそれが、まるでどこか遠い世界の出来事のように思えてならなかった。——たとえるなら、異世界へ迷い込んだみたいに。

いや。そんな思いは入学からずっと感じ続けている。

俺にとってこの学園はまさしく異世界だ。自分の常識から外れた、知らない世界。

気づけば運動部の声も聞こえなくなるほど、敷地の端まで辿り着いていた。

敷地の北東端。主に文化系の部活や同好会に割り当てられている第二部室棟が正面側に見えてくる。もはや静けさすら感じられるその場所に、件の小屋はあった。

「——あれか」

綺麗で真新しいほかの建物と比べ、やけにくたびれた小さな建物。

この学園の中では異彩すら放って見えるそれが、桧山の言う寄宿小屋だろう。

正面まで近づいた俺は、そこで気づく。

小屋の入口の扉——その横側にある格子窓が開かれているのだ。

「これは、使われている形跡がある……ってことでいいのか？」

そう呟きながら、ひとまず扉を開けようと俺は窓から視線を切った——その瞬間。

「気合い！　根性！　熱血！　覚悟！　——とあっ！」

さっきまで響いていた運動部の掛け声よりも、遥かに熱の籠もった切るような叫びが、小屋の中から響いてきたのだ。まるでブラックバイトの始業挨拶みたいな言葉が。

さらに直後だ。

「……はあ、何言ってんだ、わたし……それでどうにかできたら苦労しないのに……」

「………………」

どう聞いても同じ声で、どう聞いても同じ人間とは思えないような言葉が響いた。

なんだ今の。この一瞬で財布とスマホを同時に失くしたのか、ってくらいテンションが落ち沈んでいる。落差で風邪を引くかと思った。

「あぁぁもう本当にもぉ、なんでこんなコトになっちゃったかなあ……！」

「………」

「でも今さらもう引き返せないし、やるって決めたのわたしだし……うぅ、やっぱ向いてなかったよなあ。本当、キャラじゃないんだよ、わたし、こういうの……」

小屋から響いてくる独り言が、どんどん暗い方向に流れていく。

——どうするかな。

ポケットから取り出した鍵の行く末に、少し迷う。

なぜ閉まっているはずの小屋の中から人の声がするのか。そして、誰の声なのか。

声色からして女子なのは間違いない。感じからしてたぶん生徒だろうが、さすがに中高合わせて二千人以上いる中の誰かまでは謎だ。知り合いではない、とは思うけれど。

——聞き覚えがあるような気もしてくる。

「まあ、確かめてみるか……」

桧山からの頼みは、使われている形跡があるかどうかを調べるところまで。この時点でそれは達成したと言っていいと思うが、とはいえここで帰るのはちょっと気が利かない。

俺は結局、扉ではなくあえて窓のほうに向かうことにした。

窓枠に手をかけながら、小屋の中を覗き込む。

「むぅ……」

と、見えたのは何ごとか唸りながら、スタンドミラーと向き合っている女子生徒の姿。ちょうどこちらに背中を向けているため、覗き込んだことはバレていない。ただ角度がついているお陰で、俺からは鏡に映った彼女の顔を見ることができた。

「————」

これは運命なのだろうか。なんて、そんな馬鹿げたことをまた一瞬だけ考えた。

小屋の中にいたのが、──あの不知火夏生だったからだ。

初対面のときの明るく柔らかな印象とも、その直後の敵意ある刺々しい態度とも違う。

どちらのイメージも死滅させるような、どこか弱々しさを感じさせる表情だった。

なんの演技もしていない、完全に素の状態の不知火。

にらめっこをするように姿見と向き合う彼女は、両手の指を口元に当てていた。

人差し指で唇の両端を下に引っ張りながら、自ら渋面を作るように。

「……なんじゃそら？」

思わず、小さくそう零す。

笑顔を作るために口角を引き上げる奴ならたまにいるが、その逆は初めて見た。

言うなれば、機嫌の悪い顔を作る練習をしているみたいな姿だ。口を引き結んで眉根を寄せ、目を細くして威圧感のある表情を作っている。

──いったい何をしているんだろう？

疑問に思う俺の前で、少女はそっと手を離して、小さく溜息を零して呟く。

「……やっぱり怖くないよなあ、わたし……」

怖くなりたいらしい。そうなんだ。そっか。……それどういう感情？

何がどうなったらヒトはそういう思考に至るんだろう。一周回って興味が湧いてくる。

自身の威圧感のなさに肩を落としながら（？）不知火は鏡の中の自分と話す。

「……髪型を、変える……、とか？　ワンチャン丸刈りとか」

赤みがかった長めの茶髪をかき上げながら、不知火は首を傾げている。

どうやら丸刈りのイメトレをしているらしい。丸刈りのイメトレってなんだよ……。

丸く大きな少女の目が、すっと細くなっていく。鏡越しでもかなり整った顔立ちであることがわかるため、あらゆる意味で丸刈りにするのはもったいない話だ。

さすがに止めてやったほうがいいような気がするが、しかし。

まさかこんな形で再会することになるとは。

予想だにしない展開だったが、できればもう一度、話してみたいとは思っていた。

「……よし」

ひとまずコンタクトを取りにいこうと、俺は彼女の背中に向けて声をかける。

人間関係は全て打算から。

あくまでも冷静に、ただ目的を達成するために。

「――ちょっとい、」

「どやっひゃあ――っ⁉」

「うおっ⁉」

俺が発した声に心底驚いたらしく、不知火は漫画みたいな叫び声をあげて跳ねた。

「な、なな、何⁉　誰⁉　不審者っ⁉」

慌てふためきながら振り返る少女――不知火夏生。

なんとか冷静になってもらうべく、俺の側はあえて落ち着いた態度で返した。

「どっちかと言えば、それはこっちの台詞じゃないか？」

「だっ、誰が不審者か！　わたしはれっきとしたこの学校の生徒なんですけど!?」

「それは俺もだよ。不知火なつ、きガハッごほっ」

「——どうしたの急に!?」

名前を口にした瞬間、思わず拒否反応が出てしまった。

いや落ち着け俺。それはもう乗り越えた過去だ。俺の胃は痛くない。

「すまん、なんでもない。気にしないでくれ」

「そ、そうかな……？」

「いつも通りだ。問題ない」

「これがいつも通りなら問題あると思うけど!?」

心配してくれているのか、あるいはちょっと引いているのか。

そのどちらなのかはわからなかったが、やがて不知火は目を細めながら。

「そっか、思い出した……あんた、あのときの——」

怪訝そうに細めていた目をパッと見開く不知火。それに俺は頷いて。

「久し振りだな。あのときは案内ありがとう」

「かっ……かっ！」

口をぱくぱくさせながら、彼女はしばらく目を瞬かせて。

それから言った。

「……カゲ、……の人」

「お前、俺の名前忘れただろ」

「うっ……」

指摘すると、不知火はバツが悪そうに頬を赤らめた。

まあ仕方なくはある。俺のほうは印象的すぎて一発で覚えてしまったが、不知火にしてみれば面倒の原因になっただけの他人だ。顔を覚えられていただけでもマシなほうか。

「べ、別に忘れたってわけじゃ……くるぶしまでは、そう、くるぶしまでは出てる」

「それほとんど出てないよね？　それとも何？　足から出るタイプなの？」

「間違った。こめかみ。こめかみって言おうと思ってた」

「だとしたら喉を通り過ぎてるだろ……」

「頭から下ろしてるの！」

ああ言えばこう言う奴だった。なんだこの会話？　いや、それよりもだ。

──雰囲気が、初めて会ったときとはあまりにも違いすぎる。

目の前の少女からは、あの入学式の朝の空気感が微塵も感じられない。これがあの朝の名女優と同一人物だなんて信じがたいレベルだ。それくらいの変貌っぷりである。

俺は窓枠から手を離して、ひとまず扉のほうへ向かう。

「ちょ、ちょっと!?」

狼狽えたような言葉は聞き流して、入口のドアノブに触れる。

鍵は開いていた。それだけ確認すると、俺は扉を開いて正面から小屋に乗り込んだ。

さすがに警戒させたのか、少女はさっと身を引きながら強く俺を睨んでくる。

「なっ、なんで入ってこようとする⁉」

「…………」

「なんで何も言わないのっ⁉」

相手が警戒心を露わにしている以上、こちらから解くなら考えなければならない。

とはいえ俺は、別に心理学やコミュニケーション学の専門家ではないのだ。友人や同じ学校の生徒という前提の上で、相手がこちらを受け入れる姿勢を持って、交流とは初めて成立するというもの。この辺りの融通の利かなさは、俺にとっては今後の課題だろう。

というわけで、あくまで理屈で話すことにする。

「その前に俺からも訊きたいんだけど、なんで鍵が開いてるんだ？」

「え……？」

「この小屋の鍵は、俺が持ってるはずなんだけど。開けっ放しになってたってことか？」

まあ試したわけじゃないから、桧山から渡された鍵のほうが間違っていた可能性も別にゼロではないけれど。それよりは先に、もっと考慮すべき可能性がある。

「あ、ああ……職員室のほうの鍵ってコトか」

納得したように小さく呟く不知火。ということは、

「別の鍵もあるってわけだ」

「そうだけど……」

見れば確かに、室内にある小さな卓袱台の上に鍵が置かれていた。

それを確認してから、重ねるように俺は訊ねる。

「ここはお前が利用してるのか？　普段から？」

「お前って――」

「失礼。ええと……あれ、なんて名前だったっけ？」

「さっきまで覚えてたじゃん！　もうっ、悪かったよ忘れて!!」

顔を赤くして不知火は叫んだ。意地悪をするのはこのくらいしておこう。

あの朝の、春のように柔らかな態度とも、烈火のように激しい態度とも異なる姿。あのときはわずかにしか覗けなかったが、どうやら素の不知火は割と面白い奴らしい。

俺は小さく首を振る。それから、さきほどのことを説明した。

「いや、悪い。ここを確認してこいって、担任から頼まれたんだよ。それで来たんだ」

「はあ？　担任って――」

「A組の桧山だよ。数学の」

「……、なるほどね。なら事情は理解した」

そう言って、ほっと肩を撫で下ろすように彼女は息をついた。

表情に出やすいのか、顔が綻んでいるのがわかる。そんなに怖がらせたかな。

「驚かせたなら悪かった。でもまあ、こっちはそういう事情なんだ」

「なら桧山先生に言っといて。使ってるのがわたしだってわかれば納得するはずだから」

「ふぅん……？」

いまいち繋がりがわからなかったが、どうやら何かしら共通の理解があるらしい。

なら問題はないのだろう。そう判断した俺は、そこで話の筋を変える。

「で、そっちは思い出したか？」

俺からの問いに、不知火は目を細めながら首を傾げる。それに続けて言った。

「名前だよ。俺の名前。忘れられたままなら自己紹介しようかな、って」

俺としては、それは名乗る流れを作る枕みたいな確認だったのだが、意外にも不知火は細い目のまんまで短く答えた。

「……景行でしょ、景行」

「なんだ、思い出してくれたのか」

「だから別に最初から忘れてないっての」

「いや、さっき忘れたの認めてたろ」

「……そんなの忘れた」

ふいっと目線を逸らす不知火。見ればまた耳が朱色に染まっている。

少なくとも負けず嫌いなのは間違いなさそうだ。考えるより先に喋るタイプ。

本当に、あの朝からはまったく予想できないことになった。実は双子の不知火冬子ですとか言われたら、そっちを信じてしまいそうだ。

思わず笑いそうになるのを堪えながら、息を整えつつ不知火に告げる。

「呼び方は不知火でいいよな？」

「え」

俺の言葉に、きょとんと不知火は目を見開いた。それから、

「い、——いきなり名前で呼ぶ……!?」

「……いや名前では呼んでないと思うんだけど……」

むしろ名前で呼ぶことにならないよう仕向けたまであるんだけど。

そんな俺の疑問をよそに、不知火は真っ赤な顔で。

「苗字も名前の一部でしょお!?」

「そりゃ、そういう言い方をすればそうかもしれんけど……じゃあなんて呼んだらいい？」

「そんなの知らないけど!?」

「オイなんなんだよコイツめんどくさいな」

「めんどくさい——!?」

叫ぶ不知火。何やらショックを受けた様子だが、そんな大層な話だろうか？

俺にはわからなかったが、少なくとも不知火にとっては重要な問題であったらしい。

「……うぅ、ほかの学校だとこういうものなの……？　でも普通こういうのって、もっと段階を踏んで、親しくなってから距離を詰めるものなんじゃないの……？」

などと、困惑したように不知火は零す。

そんな詰まってないけど、距離。むしろエグい勢いで離れてるまであるけど。

「……ほかに呼び方も思いつかないし、ひとまず不知火って呼ぶぞ？」

いいよな、と念を押すように俺は訊ねる。

不知火の顔は赤いままだったが、彼女側にも代案はないのだろう。

どこか不承不承ながらも、こくりと小さく頷きを見せた。

身持ちが堅い……というよりは慣れていない感じか。この嫌でも目立つような風貌で、まさかこんな反応を見せられるとは思っていなかったが、これも演技なのだろうか。

とてもそうは思えない一方、不知火の演技力の高さなら一度見ている。本気の不知火の演技を見抜ける自信は俺にはなかった。……まあ、さすがに違うとは思うけれど。

少しあってから不知火は言った。

「ま、まあ、いいけど……でもそれなら、わたしも呼び捨てにしていいんだよねっ!?」

「いいけど……」

「いいの!?　えっ、本当にいいのっ!?」

「そんなに驚くところか、それ？」

「じゃ、じゃあ呼んじゃうからね、呼び捨てで！　こ、後悔しても知らないよ!?」

「ご自由にどうぞ……」

「えっ、あっ、えっと……か、かげゆき……、……くんっ！」

「…………」

「…………できなかったんだ？」

「会ったばっかの男の子を呼び捨てにできるわけないでしょお!?」

叱られてしまう俺だった。恥ずかしいご様子である。

どうも思った以上に愉快な奴らしい。俺は徐々に不知火のことが気に入りつつあった。

もっとも逆に、不知火側からの好感度は、めきめき下がっている気がする。

「……まあ呼び方は好きにしてくれればいい。景行くんでもなんでも」

「う、うるさいなあ、景行！　あっほら呼べた！　今後は景行って呼ぶからっ!!」

「おめでとう」

「あ、うん。ありがとう。――じゃない！　バカにしてんの!?」

「いや、まさか。もうバカにする隙すらないよ」

「だったらいいけど……いや待ってそれどういう意味!?」

愕然とする不知火であった。

打てば響くというか、なんというか。つい意地悪したくなってしまう。

「冗談だ。ちょっとからかった」

「このぉ……」

「ま、とりあえずよろしく。少なくとも下の名前では呼ばないから安心してくれ」

つけ加えるように俺は言った。

別に、大して意味のある言葉ではない。だが不知火は、その問いにすっと目を細めた。

「……それだと、ややこしい人がいるからね」

俺に言ったというよりは、まるで独り言が零(こぼ)れたみたいな小さな声。

それを聞いた俺は、なんの気なく彼女に確認する。

「樹宮(きみや)のことか」

「……ああ、そっか。A組ってことは、あの子のことは知ってるってわけだ」

「ん？　まあ、そうだな。クラスが同じなんで、入学してから割と世話にはなってる」

「――別に聞いてないんだけど」

冷めた言葉だった。思わず面食らってしまうほどに。

さきほどまでとは異なる、それは初めて会ったときに少し似た拒絶の態度。何かを拒絶するような頑(かたく)なさがありながら、それがこちらには向いていない気がする違和感――。

ただ結局、その態度の意味を確認する時間は俺にはなかった。

「まあ、どうでもいいけど」

――それより。

と、不知火はこちらにまっすぐ目線を向けて。

「景行く――景行は、いつからいたの？」

「え？」

「だから、ここに。いきなり窓から声かけてきたけど。……見てたの？」

探るような、あるいは睨むような視線が不知火から向けられる。

どう答えるか少しだけ迷ったが、結局のところ、正直に答える以外はない。

「いや、来たのはついさっきだよ」

「本当に？　何も聞いてない？」

「まあ少しは聞こえたけど。気合いとか根性とか」

「――それは少しじゃないぃっ!!」

頭を抱えて不知火は叫んだ。

「ああ……やっぱりアレ聞かれたくなかったんだな」

「あんなの聞かれたいわけないでしょ!?」

「それはそうだけど」

どうしよう。マジでずっと面白いんですけど、この人。

やっぱり初めて会ったときの子って、アレ別人だったのかな……。

「うわぁぁ聞かれてたあぁぁっ!!　なんで隠れて聞いてるんだよぉぉぉ……っ!?」

「いや、隠れてないから。窓のほうが開きっぱだっただけだから」

「だったら耳のほうを塞いどけばいいでしょぉ!?」

「ムチャクチャ言うじゃん、不知火……」

「うぅ、くそぉ……こんな時間に、こんなところまでは誰も来ないと思ったのに……！」

不知火は涙目になって唇を噛み締める。今にも『ぐぬぬ』とか言い出しそうな表情だ。

まあ、だからって睨まれ続けるのもなんなので、フォローするように俺は告げる。

「そんなに気にするなよ。何やってたのか知らないけど、独り言くらい別にいいだろ」

「……、……」

やはり不知火はしばらく俺を睨み続けていたが、やがて納得したように鼻を鳴らして。

それから、こんなことを言った。

「じゃあ誰にも言わないで」

「うん？」

「考えてみれば、確かにあんたに見られてもそんなに問題はない。だけど、絶対に誰にも言わないで。わたしがここで何してたのか」

そういう意味で言うのなら、そもそも何をしていたのかは俺もわからないんだが。

それを言っても不知火は納得しないだろうし、ここは素直に頷いておく。

「わかった。約束するよ」

「……、ならいい」

決して『ならいい』という顔ではなかったが、一応は頷きを見せる不知火。

この再会は、果たして点数としてはどのくらいだろう。高得点だったとは口が裂けても言えないし、むしろ赤点の可能性が高そうだ。少なくとも長居できる空気感ではない。

が、――だからといってこのまま帰る気なんて俺にはなかった。

できればこの学校の全員と良好な関係を築きたいと、俺は本気で思っているし、それが可能だと信じている。多少嫌われている程度のことで友達になることを諦める気はない。

——だからこそ。

だからこそ、ひとつだけどうしても確認したくて、最後に俺は訊ねてみる。

「なあ、不知火？」

「……何よ」

「いや、入学式の日の話なんだが。あのときは、ずいぶん態度が違わなかったか？」

「——別に」

不知火は小さく鼻を鳴らす。実につまらない話を振られたという態度で。

「あのときは、あの一度しか話さないと思ってたから」

「…………」

「それだけだけど。なんか文句ある？　ないならもう帰ってほしいんだけど」

取りつく島もなかった。ただ、奇妙な答えでもある。

あの一度しか話さないと思ってたから——だからどうしたのか。だから優しくしようとしたのか、だから態度を変えたのか。どちらかわからないし、どちらでも不思議だった。

とはいえ不知火は、今や鋭くこちらを睨んでいる。

もともと見られたくないところに居合わせてしまったようだし、ここらが潮時か。

「わかった。邪魔したみたいで悪かったよ、俺はもう戻る」

「————」

不知火からの返事はなかった。

残念だが、まあいずれ挽回(ばんかい)の機会もあるだろう。せめて笑顔を作って俺は告げる。

「じゃあ、また。HR(ホームルーム)には遅れないようにな」

手を振って踵(きびす)を返そうとした瞬間、呼び止めるように不知火が言った。

「……景行(かげゆき)」

「うん？」

「下の名前、なんて言ってたっけ？」

それは彼女なりの、歩み寄りの姿勢だったのかもしれない。

さきほどまでとは違って、彼女は感情の読めない、透明な目をしている。だから俺には今の問いの真意が掴(つか)めなかった。単に本当に、覚えきれなかっただけの可能性もある。

だとしても、確認しようと思ってもらえたのなら悪くはない。

笑顔とは優秀な武装だ。何がいいって、いつだって無料なところがいい。

ゼロ円スマイルにはお金に換えられない価値がある。元手がなくても高値で売れる。

「想(そう)だ。木に目に心の想(おも)うって字で、想」

「……そう」

不知火は言った。

初対面の男子を下の名前では呼ばないらしいから、今のはただの相槌(あいづち)だろう。

「ま、これから三年間よろしくな。んじゃまた」

「…………」

不知火は何も答えなかった。

だとしても、俺はまた彼女に会いに来ようと——懲りずにそう考えている。

3

私立征心館学園高等部。

他の都道府県と比べれば面積的には決して広くないはずの東京都、その限られた土地を贅沢に浪費した広大すぎる敷地が特徴の我が校は、基本的には中高一貫のエスカレーター式である。高校入学枠は非常に少なく、今年の一年では俺ひとりなのは前述の通り。

さて、そんな征心館だが、他校と比べて珍しい特徴がふたつある。

ひとつは、全校生徒の約三割が学力試験ではなく、一芸入試による受験だということ。なんらかの目立つ実績や経歴、あるいは特技が認められて入学している。聞くところによれば、芸術や音楽関係の受賞歴、または子役時代からの芸能活動などが《一芸》として多いらしい。珍しいところでは昆虫の研究や、ヨーヨーの技術で入学した者もいるとか。

そんな感じで、まあ何かしら中学入試までに特筆すべき技能や経歴があれば、割と広く認められるという話だ。クラスには『三か国語を話せたから入れた』なんて奴もいた。

ただ、この特徴は割と余談の類いに属している。少なくとも俺にとっては。

試験で入ろうと一芸で入ろうと以降の扱いには違いがない。入学後は等しく定期試験に頭を悩ませる一般的な中高生の完成だ。高校から入学した俺にとっては、誰が試験入学で誰が一芸入学なのか、そもそも大半の奴がわからない。

ゆえに個人的に大きいのは、この学校におけるもうひとつの大きな特色——。

すなわち、生徒に金持ちが多いことである。

設備的には、おそらく国内の高校では最先端と言っていいだろう。何かしら《一芸》を伸ばすことに特化された教育方針も相まって、やろうとすれば様々な挑戦が可能なのが、征心館の大きな売りだ。この辺りが、おそらく学費の高さとセットになっている。

景行家だって、母子家庭ながら決して貧乏ではないけれど、周囲の生徒は基本的にひと回りふた回り上の富裕層ばかりだ。バカ高い学費を払った上で、寄付金まで納めている。

一方、俺は学力試験で特待生を勝ち取って、学費免除の切符を手に入学していた。元は母から勧められた進学先だが、特待でなければ征心館は選べなかった気がする。

——この学校は、そういう意味で《異世界》だった。

午前の授業が終わって昼になったが、ひと息つく暇などない。

昼休みに入った直後、俺は教室を飛び出すと、まず職員室に立ち寄った。それから用具置き場を経由して昇降口へ向かうと、そのまま革靴に履き替え校舎の外に出る。

昼休みに靴を履き替える生徒は多い。この校舎にある学食は規模が小さいため、本校舎から出て別の建物にある学食を利用する者が大勢を占めるからだ。

学食を利用せずコンビニや購買で昼食を買った生徒や、あるいは家から弁当を持参した生徒でも、外に出ることは多かった。すでに三年間、この学校で過ごしているから、各々お気に入りの昼食スポットのひとつくらいは押さえている——と、これは樹宮に教わった。

ただ俺の目的は食事ではない。

《仕事》である。


話を請けたのは今朝、不知火と別れて職員室まで戻ったときのことだ。

借りた鍵を桧山に返して、不知火という生徒が利用していたことを俺は報告した。

「なるほど、それが確認できればいいでしょう。まったく時本くんは……」

桧山は小さくぼやき、それから俺に礼を告げると、疲れた様子で首を振る。

いったい何に納得したのかはわからないが、どうやら俺には関係がなさそうな話だ。

かくして桧山からの頼みごとは終わりとなったが、話が続いたのは、その場に知らない上級生の女子生徒がひとり、なぜか同席していたからだ。

「さて。だそうですが、押見くん。どうしますか？」

報告を聞いた桧山は、その場にいた女子生徒——押見先輩にそう言った。

と、その押見先輩とやらは、なぜか俺に水を向けてくる。

「どうしましょうかねー……ねえキミ、不知火ちゃんはどんな様子だったかな？」

「え、どんな様子……ですか？」

「うん。あ、私は押見杏ね。三年で演劇部の部長。こっちの桧山っちが顧問」

「一年の景行想です。で、こっちの桧山先生が担任です」

「あはは、知ってる知ってる。今年から入った子でしょ？　いろいろ噂は聞いてるよ」

快活に笑う先輩だった。髪の色も明るめに染まっていて、ひと目で印象強いタイプだ。

「ちなみに私も去年まで桧山っちが担任だったんだ。これはなかよくできそうだねー？」

共通点を語る押見先輩に、俺も「そうだと嬉しいです」と笑顔で応じた。

なるほど、初対面の相手とはこういうふうに打ち解けていくのもひとつの手か。

樹宮などがわかりやすい例だが、目の前にいる相手の懐に入るのが上手い人は見ていてとても参考になる。俺は割と背が高いほうだから、ただでさえ威圧感を与えがちだし。

その辺りは、せめて表情を和らげておくことでカバーしていた。

なにせ中学の頃までは、他人と親しくなる方法なんて理屈で考えたことがない。それは考え始めると、どこまで徹底しても足りない底なし沼のような思考の坩堝だ。

「それで、不知火の話でしたっけ」

確認すると、押見先輩は頷いて答える。

「そうそう。あれ、景行くんは不知火ちゃんと知り合い？」

「あー……どう、ですかね。知り合いじゃないわけではない、と思いますが……」

直前まで余計なことを考えていたせいで返答が鈍った。

幸い押見先輩のほうは、特に気にした素振りは見せずに納得して。

「そっかー。不知火ちゃん元気そうだった？」

「……そうですね。元気がなさそうではなかったと、言っていいような気はしてます」

「うん？　なんだか、さっきから言い回しが微妙だね？」

「まあ、いろいろとありまして……すみません。ちょっと説明しづらいんですが」

「ふぅん……でも、なるほどねー……うん、わかった。それならいいのかな」

自らを納得させるように先輩は言う。

結局、話はそれだけだった。

「ありがと、景行くん。参考になったよ」

と言った先輩にも、傍で黙っている桧山にも、どういうことなのか訊きづらい。

流れからして、説明するべきだと考えていたら先に言っていただろう。何も説明しない時点で言う気がないことが察せられて、俺は掘り下げられなかった。

まあ、見るからに変な奴だったもんな、不知火は……。何かしら事情があるんだろう。

深くは考えることをせず、俺は先輩と並んで職員室を出る。

——押見先輩が、悪戯っぽい笑顔で話を振ってきたのはその直後だ。

「ところで、景行くん。聞いたんだけど」

「聞いたってのは……さっき言ってた俺の噂ですか？」

「そうだよー？　ずいぶん面白いことやってるって話じゃん？」

興味深そうに先輩は言う。おっと、これはセールスチャンスだろうか。

「いろんな部活の仕事を手伝ってるんだって？　友達から聞いたよ」

「できることだけですけどね。この学校の部活、マネージャーいないらしいんで」

「面白いトコに目をつけるよね。まあいちばん面白いのは、それで稼いでるトコだけど」

──その言葉通り、実は俺の《仕事（ビジネス）》は、初めは対象を部活動単位に設定していた。

要はマネージャー代行というわけだが、これが意外にも征心館（せいしんかん）生の需要にクリティカルヒットしたのだ。中等部から征心館にいた、樹宮（きみや）からでなければ出ない発想だった。

まあ別に大した額じゃない。安ければジュース一本だし、金銭の代わりに食堂の食券を受け取ったりすることのほうがメインにはなっている。

とはいえ仕事量と時間効率を考えれば、アルバイトより割はよかった。校則でバイトが禁止されていなかった、その法の網の隙間を突いた形である。

ちなみに初めて請けた仕事は、《第一文芸部》という部活のホームページ制作だ。報酬もこれがいちばん高かった。その後は、基本的には運動部の雑用や買い出しなどといった普通のマネージャー的業務が多く、たまに大きめの仕事が入ったりする。

初めから軌道に乗ったのは、これはもう完全に樹宮の顔の広さと信頼があってのもの。

面倒な雑事はなるべくやりたくない。

安く解決するなら対価を払うほうがいい。

単純に面白そうだ。

そんなふうに考える生徒の数が多かったこと自体、征心館ならではの校風だと言えよう。

「なかなか評判いいみたいじゃん、執事くん？」

押見先輩は、にやりと口角を歪めて言う。含みのある表情だった。

「樹宮の発案ですからね。顔を潰すわけにはいかないんで、俺も必死なんです」

「あっはは！　まあ確かにね。ウチは結構いいトコの子が多いけど、さすがに名月ちゃんレベルはまずいないからね。樹宮グループの御令嬢なんて、いわば財界の頂点だし」

そう。樹宮名月は、実はそういうレベルのお嬢様なのであった。

日本でトップクラスの、大金持ちの家の娘。

そりゃどこかには実在するだろうが、実際にそこにいる——ということが想像しづらい肩書きだ。世界が違いすぎて、リアルなイメージを抱くことすら難しい。

とはいえ樹宮自身は、別に経営に関わっているわけでもなければ、後継ぎだと決まっているわけでもないと聞いている。割と気楽ですよ、というのが本人の談だった。

ぱっと見のスポーツ少女然とした印象も相まって、外から見る分には、本物のお嬢様であるということが実感しにくい。まあ普段の丁寧な口調は、確かにお嬢様っぽいけれど。

「というわけで。押見先輩も、何かあったらぜひご用命ください」

営業スマイルを浮かべた俺に、押見先輩もまた笑みを深めて。

「またまたー、わかってるくせに。用がなかったらこんな話は切り出さないって」

「……何かお手伝いできることがあるんですか？」

「そうだね。評判もいいみたいだし、名月ちゃんの紹介だし、——ひとつ頼んでもいい？」

——以上が今朝の顛末だ。

昼食も取らず、一直線に外へ向かったのはそれが理由だった。

今朝も辿った第二部室棟への道を進む。

今朝とは違ってそこかしこに昼休みを楽しむ生徒の姿が見られた。ときどきちらちらとこちらを見るような視線が向けられてくるが、これはそこまで気にならない。

いかに征心館広しと言えど、さすがに片手に掃除機を持って歩く生徒など俺くらいしかいないからだ。何度か二度見されたが、気持ちはわかる。逆の立場なら俺だって見る。

そんな感じで第二部室棟の前に辿り着いた。

例の寄宿小屋を覗いてみようかと少しだけ迷ったが、その意味も時間も持っていない。

だから迷わず部室棟に入ったところで——声は、すぐ横合いから響いてきた。

「きゃっ⁉」

体を揺さぶるわずかな衝撃。少し高い声で響く悲鳴。

すぐ脇の階段を飛び降りてきた誰かが、避け切れず俺にぶつかってしまったらしい。

「う、ぉ……？」

幸い大した勢いもなく、ほとんど痛みも感じない程度だった。

「っと……、大丈夫か？」

ぶつかってきた誰か——肩ほどの黒髪の中に、派手な桃色が混じった女子に目を向ける。

彼女のほうは、どうやら衝突の反動で尻餅をついたらしい。

ぽとり、と何かが少女のお腹の辺りに落ちるのが見えた。

ランチパックだった。

「………」

状況を見るに、どうやらランチパックを咥えた少女とぶつかったということらしい。

そこは朝に食パンで転入生じゃないのかよ、とツッコみたくなる状況だが、昼にランチパックで、新入生はこちらである。なかなか外してくるじゃないか。

「………」

尻餅をついた少女は、自分のお腹の上に乗っかったランチパックを見て無言のままだ。

身動ぎひとつしない様子が心配になってきて、俺は再び声をかけてみる。

「……えっと、大丈夫か？」

その瞬間、きっ――と睨むような視線がこちらに刺さった。

「……、……！」

だが何を言うでもない。彼女はただ睨んでくるだけ。

細く鋭く、けれど意志の強さを感じさせる力のある双眸だった。

が――その目に、じわりと涙が滲んでいく。

「お、おい！　どこか痛めたのか……？」

さすがに泣かれると弱る。尻餅をついた以外、どこかをぶつけた様子はなかったのだが。

安易に助け起こすのも憚（はばか）られて、その場で立ち往生するしかない。

そんな俺の耳に、ここでようやく——小さくか細い、震えた声が届けられた。

「……化けて出てやる」

「まだ死んでないのに⁉」

怖い怖い怖い。なんで尻を打っただけで死後の想定が返ってくるんだ。

もはや慄然とする俺の目の前（むしろ下）には、潤んだ瞳で訴えかけてくる謎の少女。

「痛すぎる。死ぬかと思った……」

「わ、悪かったよ。そこまで強くぶつかったとは思ってなかったんだ」

「でもおしり打った」

「だから悪かったたって！」

「私の丸いおしりが平面になっちゃう」

「そ、そんなこと言われても……」

「ランチパックのように」

「…………」

「ランチパックのように」

「二回言われても！」

「化けて出してやる」

「こっちをですか⁉」

どうしようめちゃくちゃ恨まれている。そうなの？　どうだろう。わかんないかも。

無駄に目まぐるしい会話が止まり、俺は言葉に詰まった。

少女は未だに立ち上がらず、お腹に軟着陸したランチパックを再び咥える。

そして、それをもしゃもしゃと（尻餅のままで）食べ始めた。

「………………」

なんでこのタイミングで食事を再開するんだコイツ……。

いやなんで？　俺、これを見てないとダメなの？　どういう状況コレ？

呆然とする俺を見上げて、黒桃の少女はこくりと頷きながら。

「……ダメ。やっぱり食べてもおしりが回復しない」

「ああ、そういう回復アイテム的な発想で食べ始めたんだ……」

「よいしょ」

せっかくツッコんだのに、彼女は俺をガン無視してふらふらと立ち上がろうとする。

だがそれも束の間、すぐに脱力したように再びその場にへたり込んで。

「あ、まずいかも……今ので今日の可処分エネルギーが一気に消費されちゃったあ……」

「なんでだよ。回復するために食べたんじゃないのかよ」

「でも食事って結構、体力使うよね。野生の獣も狩りは命懸けだよ？」

「野生じゃ通用しないだろ、その体力じゃ……」

「あう。なぜこの人は、わたしをこんなに痛めつけてなお突っ込みを入れてくるのかー」

見た目に反してやたら弱々しい奴だった。虚弱まである。

「はあ、あまりに運がないよ……。こんなに酷い目にばっかり遭うなんて……」

「そこまで酷い目に遭わせたつもりないんですけど」

「だ、だってだって！　ゲームは負けるし罰ゲームで買い出しに走らされるし、こんなの酷いと思わない!?」

「だとしたらその事情には関係ないけど俺！」

「その挙句に、変な男にぶつかっておしり痛くなったんだから責任取ってよぉ！」

あくまで俺のせいだと言いたいらしい。変な男っつったぞ、こいつ。

どっちかと言うと俺のほうが被害者だと思うのだが。

「ううう……はあ、本当に最近いいコトない。どうしてだと思う？」

「ついに訊かれちゃったよ……いや、言うほど酷い目かな」

「だってこないだも君かわいいねって声かけてきた男には結局お金ばっかり貢がされたし最後にはメッセージ二行で捨てられちゃったしていうかずっと男を見る目がないし……」

「…………………」重っ。

「いっつもそう。最初はみんなかわいいねって言ってくれるんだよ？　だから、わたしもがんばってかわいくしようとか、いっしょの時間を楽しく過ごせるように努力するのに、いつも気づくと捨てられちゃうんだよね。これってホントは魅力がないからかなあ……」

「わかった、ごめん！　なんかごめんね!?　思ったより酷い目に遭ってたかもです！」

「なんだろ？　わたしって結局ずっと死ぬまでひとりだったりするのかな？　どう思う？　別にいいじゃんね、わたしだって女子高生だし、人並みに憧れくらいあったってね……」

「わかった、わかったって！　悪かったよ俺が！　だからもう許してくれない!?」

体力だけじゃなくてメンタルまで虚弱なのかよコイツ。勘弁してくれ。

まあ確かに、外見だけなら相当の美少女だ。寄ってくる男も多そうな気はするし、その分だけ悪い男を引く確率も高いのかもしれない。でもそんなこと聞かされたって困る。

いったいどうしたものか。

どうにもできないまま見ていると、ふと彼女はこちらの顔を上目遣いに覗き込んで。

「はぁ……困ったなあ……。もう疲れちゃって、ぜんぜん動けなくってぇ……」

「オイ嘘だろコイツ」

「部室の椅子まで行きたいなァ」

「そんなこと要求してくる奴が妖精以外にいるとは思わなかったわ」

「大丈夫。わたし妖精並みにかわいいって評判だから」

——うっせえな、しばくぞ。

と、言える勇気が俺にあったらよかったのだが、残念ながら持ち合わせはない。

はあ……と盛大な溜息が自然に零れた。

その様子に不服そうな目を向けてくる少女に、仕方なしと俺は提案する。

「運ぶとなると背負うくらいしか方法はないんだが、本当にいいのか？」

「……あれ、背負ってってくれるんだ？」

意外そうに彼女は笑った。

「まあ責任を感じなくもないし。もし本気で言ってんなら運んでやってもいい」

「あはは。まさかホントにやってくれるとは思ってなかったよ」

「ま、ちょっと友達がたくさん欲しい時期でさ。せっかくだし恩でも売っておくよ」

「――――」

その瞬間。彼女は無言になって、ぱちくりと目を瞬かせた。

だが直後に薄く微笑むと、こちらに手を伸ばして――へにゃりと笑う。

「それ、いいね。にへへ……じゃあお願い」

「言っといてなんだが、本気で乗ってく気だとは思わなかったわ……」

「んじゃ、やめとく？」

「いや、覚悟決めた。――ほらよ、背負ってやるから乗ってくれ」

俺はその場にしゃがみ込んで、背中を彼女のほうに向ける。

しばらく待っていると、やがていそいそと背中に寄りかかってくる体重を感じた。

「で、どこまで運べばいいんだ？」

「第二文芸部第一部室」

「第……、何？」

「この学校、文芸部がふたつあるの。第一文芸部と第二文芸部」

「ああ……そういえば」

初めて仕事を請けた部活が《第一文芸部》だったことを今さら思い出す。あまり気に留めていなかったが、考えてみれば、第一があるなら第二もあるわけだ。

「場所はどこだ？」

「二階のいちばん手前の部屋」

「了解。落ちないようにしっかり掴まっててくれよ」

かくして俺は、見知らぬ少女を背負って階段を上がることになった。

なんだか下のきょうだいが幼い頃を思い出す気分だ。

「……へへへ。なんかいいかもね、こういうの。自分で歩くより楽だし」

軽い少女を背負ったまま階段を上ると、ふと耳元でそう囁かれる。

「特殊な感性してんな、お前……」

「えー？　そうかなあ」

「そうじゃないか？　見ず知らずの男に背負われて平気なの、割と不思議だけど」

「わたし体力ないからさー。運ぶより運ばれたいんだ」

「運ばれるより運びたい奴いるんかな……」

「あっはは、どうだろ。ちなみにキミ、どっち派？　本当は背中に乗せて嬉しかったり？」

——どこか妙に甘い声音で、そんな問いが耳元に囁かれる。

今さらになって、背中に女の子を担いでいる事実を強く意識させられた。

「……別に運ぶのが好きだから運んでるわけじゃないぞ」

「えー、そうなの？　残念」

「………………」

「でもわかる。わたしなんかもう、空気より重いモノは運びたくないまであるよね！」

「だとしたら箸すら持てないいな……」

「わかってないね。箸が持てなければパンを食べればいいじゃない」

「どういう貴族？　ていうか、まさかその理由でランチパックだったのか？」

「まあ、どっちにしろ手で持つことにはなるんだけど」

「そりゃそうだ」

予想以上に軽い少女と、予想以上に軽い話をしながら上の階へ。

さすがに、掃除用具は一階に置いたままにしてある。

「……一応訊くけど。わたし、重くないよね？」

ふとそんなことを背中から訊ねられる。俺は少し笑いながら答えた。

「いや、大丈夫だよ。一応そういうの気にするんだな」

「うぇへへ、それならよかった。やー、わたしよく重い女って言われるからさー」

「それたぶん体重の話じゃないよね……？」

「さあ、どうだろ？」

「……まあ、体重はむしろ軽すぎるくらいじゃないか。これで最上階までって言われたら後悔したかもしれないけど」

「ふふ、そっかそっか。意外とそういう気も遣えるんだねー」

「別に持ち上げて言ってるわけじゃない。てか運んでやってる時点で気は遣ってるだろ」

「そうだね。持ち上げてるのは体のほうだもんね」

「まったくだよ。今どき妖精だって運んでもらった分の報酬はくれる。実とか」

「何言ってるんだか。報酬の実ならふたつあげてるじゃない」

「あ？　それ、なんの話だ？」

「背中の感触の話」

一瞬、歩く足が止まってしまった。

すぐに再び歩き出したが、気づかれてしまっただろうか。彼女は言う。

「たわわに実ったものが、くっついてると思うんだけどー？」

「………………」

「女の子を背負ってるんだから、気づいてないわけじゃないでしょ？　結構、柔らかいと自負しておりますけれど、いかがなものかな？」

「………………」

「耳、赤くなってる。意外とウブなんだ、かわいいっ」

「着いたぞ」

話を誤魔化（ごまか）すように俺は告げた。

こっちが考えないようにしていたことを平気で言ってきやがって、まったく。

「うい、お疲れー！　ドアも開けてー？」

あくまで自分では動かないスタイルの妖精に要請され、俺は《第二文芸部第一部室》と張り紙のされた扉を押し開いた。

直後、雑然とした室内の光景と——そして座っているひとりの少女が目に入る。

「…………」

「————」

なんで？　という顔で、中にいた少女が俺を見て絶句していた。

知らん男が人を担いできたのだから無理もなさすぎる。その背中の妖精はと言えば、

「ただいま、ミナ！」

部室にいた少女に、ひらひらと手を振って言った。

しばしの無言。やがて声をかけられた少女は、ふと静かに目を伏せた。

かと思えばすぐに前を見て、彼女はテーブルの上に手を伸ばす。

そこには、一冊のスケッチブックが置かれていた。彼女はそれをパラパラとめくると、真っ白なページの上に、これもテーブルの上にあったサインペンで何かを書き込む。

そしてそのページを、こちらに向けて見せてきた。

『おかえり、イサ』

……どうして口で言わないんだろう……？

と、もちろん俺は思ったが、下手に触れていい話題なのかは怪しいところだ。

たぶん今日は変な奴と遭遇しまくる日なんだろう。そう納得しておく。

――室内で待っていた少女は、一見して、少なくとも背中にいる妖精よりはずいぶんと落ち着いた印象の子だ。

淡い色合いのショートカットに、夜のように深い蒼黒の双眸が特徴的だ。あまり表情が動かないタイプらしく、しいて言えば物静かな図書委員系のイメージが近い感じ。

きゅきゅっとペンを動かして、そいつは再びスケッチブックに文字を書き込んでいく。

『成果は？』

背中の妖精は、文字でのやり取りに面食らった様子もなく笑って。

「あはは、ごめーん。がんばったんだけど、部室棟を出るとこまでは行けなかったや」

けらけらと笑う妖精に、スケッチブックの少女はじとっとした目を向けていた。

どうするべきかいろいろと迷った末、俺は妖精のほうに訊ねてみる。

「……お友達か？」

「うん。ゲームで負けちゃったから、罰ゲームで買い出し行ってたんだよ」

にもかかわらず手ぶらで、しかも見知らぬ男（俺）に背負われて帰ってきたわけか。

そりゃ待っていたほうの彼女も驚いたことだろう。

内心そんなことを考える俺に、あくまで背中から妖精さんは言う。

「ちょっと変わってる子でしょ？」

この子もお前に言われたくねえとは思うけど。

と、妖精の言葉に反応して、再びスケッチブックに書き込みが加えられる。

新しく提示されたのは記号だった。

『×』

「……バツだってよ。なんか不満があるらしいぞ」

「違う違う。読み取りが甘いよ。これはそういう意味じゃない」

「あ、そうなのか……じゃあどういう意味なんだ？」

「『掛け算をしろ』だね！」

「いや本当に？　それ本当に合ってる？　脈略なさすぎるんですけど」

そう言ってみると、スケッチブックの上で再びペンが走る。

『〇』

「合ってるってこと……？　え、本当に掛け算をしろって言ってたの、この子？」

「だから違うって」

「違うの!?」

「これは『零点』って意味。ちゃんと意図を汲み取ってあげないと！」

「今のが汲み取れてなかったんだとしたら、零点を出されたのはお前のほうだよ！」

「あっははは！　さっきからいいツッコミするよね、キミ」

けらけらと背中で妖精が笑う。

かと思えば、部屋にいた奴のほうも、持っていたスケッチブックをぺいっと放り投げ。

「そうだね。面白い。これは逸材を連れてきたね、イサ」

「でしょー？　優秀な新人を連れてきちゃったよね！」

「連れてこられたのはイサだと思うけど」

「それはそう！」

「ていうかそんなことより、イサにはまず飲み物を持ってきてほしかったけど」

やいのやいのと、ふたりは楽しそうに会話していた。

……いや話すのかよ普通に。だとしたらなんだったんだよ、スケッチブックのくだり。

もはや乾いた笑みが漏れる俺の前で、スケッチブックを置いた少女は溜息を零して。

「はあ……。ゲームで負けたほうが買い出しに行くなんて、イサと賭けても意味なかったよね。どうしたら出かけた用事を忘れて帰ってこられるものかな、この短時間で」

「覚えてたよ！」

「せめて忘れてたって言ってくれたほうがまだ救いもあったんだけど。覚えてたんなら、ちゃんと買って帰ってきてほしかった」

「仕方ないでしょ、途中で体力尽きたんだから。文句ならこっちの勇者くんに言って！」

「……、勇者くん？」

ちらりと、座っている少女の視線がこちらのほうに向く。

執事くんやら勇者くんやら、今日は妙な呼ばれ方が多い日だ。カゲの人もあったな。

そんなことを考えながら、とりあえず俺は笑顔を作って挨拶してみた。

「あー……どうも？」

「どうも。イサに捕まった？」

イサというのが妖精さんの名前であるのなら。俺は頷いて伝える。

「ちょっとぶつかっちゃってな。部室まで運んでくれって頼まれた結果こうなってる」

「ふぅん……それで言われた通り背負ってきたんだ？　変わってるね、景行さん」

「……そっちこそ、さっきのスケッチブックはなんだったん？」

「せっかく初対面だったし、ちょっとキャラ作りしてみようかと思って。無口キャラ」

だとしたらお前に変わってるとは言われたくなさすぎるんだが。

妖精さんは正しかったな。どっちも変わってるわ。いや、そんなことより。

「――俺のこと知ってたのか？」

苗字で呼ばれたことに気づいて俺は訊ねる。

ミナというらしい少女は、なんでもないことのように、こくりと小さく頷いて。

「そりゃ、話題の新入りくらいはね。いろいろ噂とかも聞いてるし」

「あー……なるほど、そういうこと」

「じゃなきゃイサだって、さすがに背負わせたりしないでしょ。……違う？」

「――ふひひ」

ミナという少女の確認を聞いて、背中にいる妖精が嫌な笑い声を出した。

「……お前も、俺のこと知ってたってわけか」

「や、知らないけどね。わたしが知らない生徒なんて、この学園にひとりしかいないし」

「なるほど……そりゃ記憶力すごいな。征心館の生徒なら全員覚えてるってことか？」

ともあれ、ようやく一応の納得は得られた感じだ。

俺の評判を知っていたから、警戒が薄かったというわけらしい。

「あ、でも背負ってもらった理由は違うよ」

なんて思った俺に、背中からあっさり否定が入った。

「……じゃあなんでわざわざ背負わせたんだ？」

「…………………」

「私の制服に、君の指紋や服の繊維をバッチリ残しておくためとか？」

「ぶつかったなんて弱みを振るわれるのも困っちゃうから、武器は持っておかないとね。裁判になったらこっちが有利だということは、しっかり自覚しておいてもらわなきゃ」

「お前もう背中降りろ」

「あっははは！　別に冗談なのにー！」

ぜんぜん笑いごとじゃないことを、笑いながら言ってくれやがる妖精だった。

いやもう妖精じゃねえよ。どっちかって言うなら妖怪の類いだろ。

……まあ、そういう警戒は個人的には嫌いじゃない。嫌にあっさり背負わせると思っていたが、裏にそういう計算があったのなら、むしろ俺としては安心するくらいだ。

「ご愁傷様」

ミナさん（仮）のほうは、あまり変化のない表情で静かに呟く。

「そんな簡単なひと言で片づけないでほしいんだけど」

「イサは相手の弱みを握ってないと安心できないタイプの人格だから。いつも通りだよ」

「それは終わってらっしゃらない？」

「変な子に絡まれたのが運の尽きだったね。大丈夫、日本の法廷はきっと優秀」

「裁判になったら、ぜひ証人として助けてもらいたいんですけど」

「ごめん。悪いけど面倒臭……悪いけど友達は売れないよ」

「本心が滲み出ちゃってたよ今」

「だるいからパス」

「いや正直に言えばいいって話じゃないから……」

どうやらこのミナという少女は、ずいぶん淡々とした性格らしい。

表情らしい表情を見たのは、最初に部屋へ入ったときくらい。

「――よいしょっと！」

と、そこでようやく背中から妖怪が降りてくれた。

文字通りに肩の荷が下りて、俺もようやく気が楽になる。

「ふぅ。ありがとね、運んでもらっちゃって」

「いや……まあ貴重な経験だったよ。ある意味で」

「確かに。さすがのわたしも背負って運んでもらったのは小さい頃以来だよ」

「いつも運ばれてるわけじゃなくてよかったよ」

「ふひひ。キミが初めてだね」

「その言い方やめて？」

「あはははっ！」

けらけら楽しそうに笑いながら彼女は言った。続けて、

「……まあ正直、乗り心地はあんまりよくなかったんだけどね。今後はやめておこ」

「わざわざ運ばせておいて、お前……」

「てか、なんか気持ち悪くなってきたかも。あっ、やばちょっと眩暈してきた」

「ホント虚弱だなあ、お前!?」

「背中酔いした……」

「そんな車酔いみたいなことある!?　だとしたら悪かったね、ごめんね！」

尻が痛いとひんひん呻いていたのは、今思えば割と本気だったのかもしれない。

面倒臭い妖精だった。いや、いつまで妖精だの妖怪だの言ってるんだろう、俺も。

「名前は？」

がしがし頭を掻いてから、俺は訊ねる。

「うん？」

「や、だから名前だよ。俺のことは知ってるんだろ？　そっちの名前も教えてくれよ」

「あはは、まあそれは確かに。そういえば、まだ名乗ってはなかったっけ」

少しの間があって。

それから、ランチパックを咥えていた虚弱妖精は言った。

「――私の名前は砂金奈津希」

「………………」

他人の自己紹介でここまで絶句したことはない。

「一年F組。そしてこの第二文芸部の部長でもあるんだけど……、どうかしたの？」

「――え、ああ……いや、砂金だから《イサ》なんだな、と思って……」

なんてふうに俺は誤魔化したが、引っかかったのはもちろん苗字ではなく名前のほう。

こいつも――こいつも下の名前が《ナツキ》だってのか。

思わず顔色が悪くなってきていることを自覚する。そんな俺を見ながら砂金は続けて、

「まあ、私をイサって呼ぶのはこの子くらいなんだけどね」

「ん……え、なんの話だ？」

「や、下の名前が同じなんだよ。ややこしいから苗字からあだ名を取ってるわけ」

「――――――――――」

もはや俺は呆然として、もうひとりの少女――《ミナ》に目を向ける。

それが下の名前だろうと思っていたから、この一致はあまりにも不意打ちすぎた。

――果たして彼女は、再びスケッチブックをその手に取ると。

『水瀬懐姫』

名前を漢字で書き記して、俺に示してこう言った。

「読みは水瀬懐姫。Ｄ組。よろしく、景行さん」

「……よろ、しく……」

と、俺は答える。ここまで続くと、一周回って気が抜けてくる感じだ。

こんなに急に謎の《ナツキ》フィーバーが起きるとか、あまりにも無駄な奇跡すぎる。樹宮も含めればこれで四人も、同じ学年に同じ名前が集まっていることになる。確かに珍しい音の名前じゃないが、——だからって、何もこの名前じゃなくたっていいのに。

あらゆる意味で思い出したくない過去を、最も思い起こさせる音の連なり。

なにせ俺はトラウマのあまり、小学生の頃はテレビで《ナツキ》という名前の芸能人を見るだけでも胃が痛くなっていたのだ。いつの頃からか、それは治ったと思っていたが。

どうやら違っていたらしい。

腹の辺りが、きしきしと軋むような気がした。それが心理的なモノであると知っているから、気のせいだと自分に言い聞かせる。忘れろ。そんなのは、遥か昔の話なのだ。

「景行さん？　なんか、顔色が悪いけど」

「あ——いや」

ふと気づくと、水瀬と名乗った少女が首を傾げて俺の顔を覗き込んでいた。

俺はかぶりを振る。どんな名前だろうと、それは彼女たちが悪いわけじゃないのだから。

「――じゃあ俺、仕事あるから。行くな」

なんとかそれだけを言って、俺は第二文芸部室を後にしようと踵を返す。

「また来てねー」

と、ずいぶん気軽な砂金の声が背中に響いた。

そう言ってもらえるなら、ぜひまた来てみるとしよう。

名前のことさえ考えなければ、俺にとっても新しい友達ができたのは嬉しいことだ。

一階に戻って掃除用具を回収し、本来の目的地である演劇部室へ向かう。

職員室で借りた鍵を使って、部屋の中へ。

少し時間を喰ってしまったが、見たところ思ったよりは片づいている。単に利用されていないだけ、というような風情だったから、この分なら三十分もあればいいだろう。

今さら言うまでもないだろうが。

今回請けた仕事とは、演劇部部室の清掃である。

4

昨今はロボット掃除機などもずいぶんと高性能になりつつあるが、所詮は平たい円盤に過ぎない奴らにまだまだ仕事は奪わせない。それくらいの需要は、今のところ存在した。

「……っし。こんなもんかな」

片づけ終えた部室を眺めて、俺は達成感とともに呟く。

さすがにピッカピカにとはいかなかったが、普通に使う分には充分だろう。

演劇部の生徒は、基本的に本校舎の稽古場や公演用の講堂なんかを活動拠点にしているらしく、あまり部室は使わないそうだ。ほとんど倉庫扱いだと押見先輩は言っていた。

確かに第二部室棟は校舎から遠い。ほかに拠点があればそちらを使うだろう。

読み古された指南書や、漫画雑誌の収められた本棚。謎にあるオセロ盤や麻雀牌。古いブラウン管のテレビに繋げられた数世代前の型のゲーム機や、過去の公演に使ったらしいベニヤ板の立て看板……置かれているものの雑多さは、なるほど物置的な風情がある。

位置はあまり動かさずに纏め直しつつ、雑巾で拭いたり掃除機を使ったりと、埃っぽい部室を手早く綺麗にした。昼休み分の依頼としては、我ながら十全な仕事と言えよう。

作業を終えた俺は、掃除機とバケツを手に部室を出る。

そのまま扉の鍵を閉めたところで、廊下の向こうから上級生に声をかけられた。

「おぉー、終わったんだー？　さっすが、仕事が早いね執事くん！」

朝方、職員室で仕事を依頼してくれた三年生――演劇部部長の押見先輩だ。

俺は営業スマイルを浮かべて、歩いてくる先輩に会釈を返す。

「どうも先輩。ところで、その執事くんって呼び方は定着しちゃったんですか？」

「あれ、嫌だったかな？　キミの仕事振りは執事みたいだって評判だったんだけどな」

「――いえ、そういうわけでは」

嬉しくはないが、嫌というほどでもない。それなら受け入れておくほうが丸いだろう。ただでさえ生徒数の多い学校だ。新入りの珍しさが通用している間に、あだ名がつけば上級生からも覚えてもらいやすくなる。そのほうが、次の仕事には繋がりやすそうだ。

執事ならまあ、雑用と呼ばれるよりは聞こえもいいだろうし。

「それより、わざわざ見にきてくださったんですか？」

「まあ一応ねー。部外者を部室に招き入れといて丸投げってのは、さすがにちょっとアレだし。あと報酬も渡さないとだしね、ほらコレ」

言って、先輩は報酬である食堂の食券（三食分）を手渡してくれた。

実働三十分程度の仕事であることを考えればいい儲けだ。

おそらくだが、押見先輩は俺の仕事振りを試そうと考えていたのだろう。お眼鏡に適うようであれば、新たな仕事を貰えるかもしれない。

「中、確認しときます？」

「だねー」

頷く先輩に、閉めたばかりの部室の鍵を渡す。

「じゃ、ついでに鍵は先輩のほうから返しといてもらえれば」

「あははっ、要領いいね。オッケー、任せといて」

鍵を開けて、部室の中を覗き込む先輩。

真後ろに立つ俺の耳に、息を漏らす音が聞こえてきた。

「おおー、めっちゃ綺麗になってる」

と、押見先輩。ひとまず赤点は免れたようだ。

「本の類いは纏めて本棚に片づけてます。それ以外のものは、基本的には場所を動かしてない感じですね。明らかにゴミとわかるものだけ纏めたんですけど、一応確認します？」

「ううん、大丈夫。ありがとう。さすが名月ちゃんの推薦だけはあったね！」

「や、まあ、ちょっと掃除機かけて棚とか拭いただけですけど」

「充分、充分。ウチの部、誰も掃除とかやりたがんなくてさー。助かっちゃったよ」

聞いた話、生徒の中には『家事はハウスキーパーがやっている』なんて奴も少なくないという。自分で掃除をする場所は、当番になったときの教室くらいの認識なのだろう。

だからこそ、こんな活動が仕事として成り立つわけだが。

「うん！　この分なら、また何かお願いするかも。人手足りてないからさ！」

押見先輩は言った。どうやらある程度の信頼は得られたらしい。

「その際はぜひ。こちらこそ、今後ともよろしくお願いします」

俺も笑顔でそう答えた。

できれば次は、もう少し踏み入った仕事が欲しいところではある。演劇部では定期的に公演があるから、その辺りに噛んでいきたいところだ。

「じゃ、またよろしくっ！」

手を振る押見先輩に「では」と答えて、俺は部室をあとにした。

帰りしな、一瞬だけ第二文芸部の部室があった廊下に視線を投げてみる。

部室棟は静寂に包まれていたが、砂金や水瀬はまだ部屋の中にいるのだろうか？

樹宮や不知火と同じく、《ナツキ》の名を持つふたりが。

「………」

部室棟を抜けて外へ。広すぎる敷地の片隅で、遠く晴れ渡る空を見上げながら眩しさに目を細めた。雲ひとつない五月の蒼色は、誰の何を象徴することもない自然の光景だ。

当たり前の話だが、世界は小さな人間ひとりの心情など反映しない。

「ま、ひとまず演劇部と繋がりが持てたのは収穫だったな。樹宮にまた礼を言わないと」

芸能関係者の生徒も少なくない征心館において、演劇部はかなり規模の大きい部活動のひとつだ。テレビに出ているような役者はさすがにひと握りだが、元子役や、幼い頃から舞台演劇に携わっているような生徒が、演劇部には多くいると聞いていた。

俺は詳しくないが、押見先輩も外部の劇団に所属して舞台役者をしているそうだ。

——なんてことを考えながら、俺は部室棟を離れて本校舎方面へ戻っていく。

「さて。どうすっかな、昼メシは……」

昼休みは六十分あるが、さすがに今から急いで学食を使うのは少し億劫だ。

これまで仕事の報酬として稼いだ無料分チケットがあるから、できれば学食で昼食費を浮かせたいのが本心ではあるが、移動の手間まで考えると、正直ちょっと面倒臭い。

食堂は南の校門近くだから、いちばん北東のここからだと遠いんだよな……。

かといって昼休みはあと二十分もない。今から購買に行っても何も残ってないだろう。こういうとき、無駄に広い敷地がマイナスに働くと思う。用具置き場に掃除機を返しこなければならないことも合わせると、今日はもう昼食は諦めるべきだろうか——と、

「想さん！　いたいた、見つけられてよかったです！」

本校舎の方向にいる小さな人影が、俺の名前を呼ぶと小走りに駆け寄ってきた。

そう急いでいる様子もないのに、なかなかのスピード感だ。あっという間に目の前まで距離を詰められてしまう。さすが征心館きってのスポーツ少女、と感心するところなのか。

「どうかしたのか、樹宮？」

「想さんを探していたんですけど……また大荷物ですね？」

首を傾げる俺の目の前で、ぴたりと止まって彼女は言った。

「ん、ああ……演劇部からの依頼でな。さっきまで部室の掃除をしてた」

「知ってますよ。押見先輩から伺いました」

「なるほど。それでこっちのほうに来れたのか」

得心して俺は頷く。そもそも押見先輩に俺を紹介したのが樹宮らしいから、その報告がいっているのも自然な流れだ。

「何もお昼休みまで潰さなくてもいいんじゃないです？　はりきりすぎですよ、想さん」

気遣うように樹宮は言う。どうやら余計な心配をかけたようだ。

「まあ、こういうのは最初が肝心だからさ。早いうちに顔を売っておきたいというか」

「そんなこと言って、どうせお昼も食べてませんよね？」

「……よくご存知で」

「はあ……。想さんに《仕事》をオススメしたの、間違いだった気がしてきました」

呆れ交じりの溜息を零す樹宮。

今の彼女の様子からは、初めて会ったときの衝撃をとても想像できない。


『――想さんって、私みたいな人間は苦手ですよね？』


入学してまだ間もない、ある早朝。

そんなふうに声をかけてきた彼女のことを、忘れることはないだろう。

「お仕事の依頼は、だいぶ順調に集まっているみたいですね」

樹宮の言葉に、俺は首を縦に振る。

「お陰様でね。このままいけば、演劇部でも大きい仕事が貰えそうだよ」

「それはそれは。想さんのお友達が増えそうで何よりです」

「規模の大きいところと繋がりができれば、今後も輪が広げやすい。樹宮のお陰だ」

「私は何もしていませんよ。全て、想さんの努力の賜物だと思います」

にこりと微笑む樹宮。スポーツ少女然とした快活な外見を裏切るような、淑やかで品のある佇まいだ。こういうときに、彼女が大企業の御令嬢であることを思い出す。

「もっとも、働きすぎは感心しませんけれど」

釘(くぎ)を刺すように彼女は言う。

なんだか子ども扱いされている感覚もあるが、悪い気分にはならないから不思議だ。

「ちょっと昼休みを潰したくらいで、さすがに大袈裟(おおげさ)じゃない？」

「でも想さん、頼まれたら断らないでしょう。昨日もお昼を抜いていたの知ってますよ」

「いや、……それは……」

「想さん、合理派なようでいて意外と行き当たりばったりですから。こうやって食事までなおざりにされるようでは、勧めた立場であることも含めて、お節介せざるを得ません」

「…………」

駄目だ、正論すぎて反論の余地がどこにもない。

普段は優しい奴(やつ)なのだが、ひとたび理詰めを始めると誰より手強(てごわ)い相手になる。

「想さんがこの学校を選んだ理由なら聞かせていただきましたが」

樹宮は言う。

その言葉の通り、俺はこの学校でただひとり、彼女にだけは理由を明かしていた。

——人間関係を打算で過ごしていきたいから——と。

詳しい事情までは明かしていない。何か具体的な目標があるわけでもない。

ただ方針だけを語った俺に、彼女は深い事情も聞かず力を貸してくれていた。

「だからといって無理ばかりするのは賛同できません」

「……すんません」

「というわけで、さあ。行きましょうか」

押し黙った俺に苦笑してから、ふと樹宮はそんなふうに切り出す。

「え、――行くって、どこに？」

「もちろんお昼ご飯を食べにです。買ってはいないですよね？」

「そうだけど……」

「お弁当、実は作ってきたんです。ご披露できなかったらどうしようかと思いました」

少し恥じらうように、樹宮は奥ゆかしくはにかんでいた。

「……作ってきたってことは、手作りってこと？」

「そう言ってますよ。なんです、その質問？　これでも料理は得意なんですから」

アホなことを訊いた俺を、おかしそうに見上げて樹宮は肩を揺らす。

まったく気にしていなかったが、確かに彼女の片手には包みで覆われた箱があった。

思わず俺は、それをまじまじ注視してしまう。

そんなこちらをどう思ったのやら、彼女はむっと唇を尖らせて。

「心配せずとも、中身が崩れるほど走ってはいませんよ」

「え？　ああ、いやいや、ごめん。そんな心配は最初からしてないよ」

「ですか。では味の心配もされていないと信じるのなら、何が不安なのです？」

その問いに、俺は少し迷ってからこう答えた。

「人気者の樹宮さんから手作り弁当を貰ったなんて、周りに知られたら怖そうじゃない？」

「なるほど。躱すのがお上手ですね、と言っておきますけれど」

——それなら。

と、樹宮は片手の人差し指を立てて、それを唇に這わせると。

「これはふたりだけの秘密としておきましょう。——想さんにだけ、特別ですよっ」

なんて、悪戯っぽく微笑みながら言ってみせるのだった。

——なるほど、これは敵わない。

もともとこの上なくありがたい申し出なのだから、素直に受け取ることにした。

これで午後の授業の活力を補おうと、樹宮とふたりで食べる場所を探す。

できれば人目を避けておきたいイベントだ。こういうときは無駄に広い敷地がプラスに働いてくれる。今日みたいに天気さえよかったら、座る場所はいくらでも見つけられた。

敷地の片隅の木陰のベンチで、樹宮の手作り弁当を頂くことにする。

すぐ傍らに掃除機を置くことになったのがちょっと雰囲気的にアレだが、それは無視で。

「どうぞ、召し上がってください」

「いただきます」

手渡された包みを開いて中を確認する。ちなみに弁当はひとり分だった。

「……一応の確認で訊くけど、これ自分の分を俺にくれたりしてる？」

「違いますよ。ちゃんと想さんのために作った分です。まあ、自分の分を用意していないことは認めますけれど。私は、もう学食で頂いてきましたので」

「なら前もって言ってくれれば……俺が昼を食べてたらどうするつもりだったんだ？」

樹宮はにっこりと微笑んで言った。

「食べてましたっけ？」

「……降参です」

素直に弁当に向き合うことを俺は決めた。

意外、かどうかはともかく、中身自体はよくあるお弁当らしいメニューだ。メインにはガッツリからあげやハンバーグなどの肉類が並んでいて、その脇を和え物や煮物が埋めることで、見た目的にも栄養的にもバランスがいい。

何から食べようか迷いながら、とりあえずいちばん目につくハンバーグを口に運ぶ。

「ん、お……美味っ」

「……それならよかったです。これでも少しは不安だったのですが」

手を合わせて微笑む樹宮に俺は訊ねた。

「これ、冷凍食品じゃないよな？　朝から作るの大変だったんじゃ……」

「手作りって言ったじゃないですか。ちゃんと食材を買うところからやってますよ」

冷凍食品でも手作りに含めていいとは思うが、まあそういう話じゃないか。

どうしよう、やっぱり不安になってきた。めっちゃ美味いが美味いだけに怖さもある。

お嬢様って普通のスーパーで買い物とかするのかな……？

この弁当、もしかしたら驚きの高級食材とかが使われているのかもしれない。

違いがわかる舌も、褒め称える語彙力も足りていないこちらの口が、もはや申し訳なくなるくらいの出来をしていた。黙々と食べていると、隣に座った樹宮は肩を揺らして。

「ふふふふっ。本当に気に入っていただけたようで嬉しいですねっ」

「ん？」

「いえ。想さん、食べ物だと意外と顔に出るみたいですから。男の子だからですかね？」

……ああ、それでずっとこっちを見てたわけね……。なんか恥ずかしいな。

満面の笑みを浮かべる樹宮に、まじまじ顔を見られながら食べるのは落ち着かなかったけれど、貰った弁当の代金だと思えば安すぎるくらいだろう。役得と言っていい。

空腹だったことを差し引いても、箸を進める手が止まらなかった。

「女の子にお弁当を作ってもらったのは、そういや生まれて初めてだ。本当ありがとな」

「わお。想さんの初めて、頂戴しちゃいましたね。がんばってよかったです」

「……降参だから、もうからかわないでもらっていい？」

「そんなつもりじゃなかったんですけど、照れてる想さんも珍しいもので。すみません」

などと話しているうちに、気づけば全部食べ終わっていた。

そう量が多いわけでもなかったが、俺は割と燃費がいいので問題ない。

「ご馳走様。めちゃくちゃ美味しかったです。箸と弁当箱は洗って返せばいいかな？」

手を合わせて頭を下げ、樹宮に弁当のお礼を言う。

「お粗末様でした。箱はそのまま返していただいて大丈夫ですよ。それよりも、掃除機を返しに行かないとお昼が終わってしまいますし」

「そうか……？　悪かったな、いろいろと気を遣わせちゃって。今後は気をつけるよ」

「別に、また作ってきてもいいんですよ？」

「そこまでされたら二度と頭が上がんなくなるな……」

「別に、ずっと下げててもいいんですよ？」

「――樹宮さん？」

「冗談ですっ♪」

いつも態度やテンションが変わらないから、彼女に言われると本気に聞こえて怖い。なにせ名家の御令嬢なわけだし、あながち冗談でもないからな……。

なんとなくイメージされた恐ろしい未来予想図は、頭を振って忘れることに。わざわざ弁当を作ってくれたことに対しての、恩返しだけ考えよう。

「貰う一方じゃ申し訳ないし、今度何かで埋め合わせしたいんだけど」

何かしてほしいことはないかと口火を切った俺に、やはり笑顔のままで樹宮は言った。

「そうですか。ではひとつ、お願いしたいことがあるのですが」

――おや？

と。もし俺が勘のいい人間だったら、この時点で違和感に気づくことができたのか。

わからないけれど、とにかくこのときの俺は何も疑問には思わなかった。

「想さん、今日の放課後は空いていますか？　三十分もあれば大丈夫だと思うのですが」

「それくらいなら。まだ特に何も頼まれてないから大丈夫だけど……三十分？」

もしかして仕事の依頼だろうか。一瞬だけそう思ったが、考えてみればたぶん違う。

多くの運動部で活躍する樹宮だが、どこか特定の部に所属しているわけじゃない。

そんな彼女が、俺に恩を売った分を仕事の形で取り立てるのは奇妙な話だ。

首を傾げる俺に、樹宮は笑顔のままで言った。

「実はこの学校の生徒会長から、想さんを紹介してほしいと頼まれてしまいまして」

「生徒会長が、俺に……？」

少し嫌な予感がした。まあ学校における呼び出しなんて多くの場合で嬉しくはないが。にしたって、教師ではなく生徒会長からというのも不思議な話だ。ああいや、教師なら樹宮を経由しないで直接呼び出せばいいだけだから、そういう意味では納得だけど。

——俺の《仕事》が問題になった、ということなのだろうか。

別にバイトが禁止されているわけじゃないから問題はないはずだ——と樹宮とは話していたのだが、目をつけられてしまったのか。それくらいしか理由が浮かばなかった。

「あ、いえいえ。別にお説教というわけではないと思います」

不審に思う感情が顔に出ていたのか、少し慌てて樹宮は手を振る。

「そうなの？」

「生徒会が生徒ひとりを個別に呼び出して注意をする、なんてありませんよ」

「まあ、それをやるなら普通は教師か……」

「すみません、詳しい話の内容は私も聞かされていないんです。ただ、私と想(そう)さんが同じクラスだとは会長も知っていますから、親しいようなら話をつけてほしい——と」

「そっか……まあ、それくらいだったら別にいいよ」

俺はそう言って頷(うなず)く。断る理由はない。

それに入学前の学校案内のときは、生徒会の副会長にしか会えなかった。

これを機に生徒会長と繋(つな)がりが持てるなら、むしろ嬉(うれ)しいくらいだ。また新しく人脈を広げられるのだから。

「よろしいんですね？」

と、そう俺は考えたのだが、樹宮(きみや)のほうはなぜか意図して作っているような無表情で。

「え……お、おう。よろしいです、けど……」

ここまで話してようやく俺は、少し不安になってきた。

なんだろう。何か話の流れに妙な違和感がある。

そもそも考えてみればおかしな展開だ。生徒会長に俺を紹介するくらい、樹宮は普通に言い出せばよかった。なんの前置きもなく頼まれたところで、俺は断らなかっただろう。

それくらいの恩が彼女にはある。というか、恩がなくたって無下にする話じゃない。

にもかかわらず樹宮は、わざわざ手作りの弁当まで準備してから切り出した。もちろん弁当は別に用意していただけで、話とは無関係だったのかもしれないが、そう捉えるには少しタイミングが合いすぎだ。初めから交換条件のつもりだった、と見做すべきだろう。

――答えを間違ったのかもしれない。今になってそんな悪寒がする。

樹宮名月という少女が、決して油断していい人間ではないということなら――初対面のときから理解できていたはずだったのに。

けれど今さら手遅れだ。すでに俺は念押しの確認にも肯定の返事をしてしまっている。

「では本日の放課後、十六時半に生徒会室までお願いします」

そう樹宮は時間を告げた。俺は予感を振り払い、彼女の言葉に頷きを返す。

暗い想像ばかりしていても仕方がない。どうも俺は、警戒心ばかり強く抱きがちだ。

今や俺もこの学校の生徒なのだから。無用な疑いを向けても仕方がない。

生徒会長とコネクションができるのだから、素直に喜ぶべきだ。やはり俺ひとりでは、どうしても上級生と接点を作りづらいから、渡りに船と言ってもいいくらい。

「――――」

だというのに。

どうしても嫌な予感が拭えないのは、いったいなぜなのだろうか。

5

六限の授業が終わって放課後になった。

約束の十六時半までは、まだあと一時間以上の余裕がある。

——いろいろと迷った末に俺が選んだのは、再び第二部室棟まで向かうことだった。

特に理由はない。ただ一応、目的としては第二文芸部室にでも顔を出そうかな、なんてことを予定してはいる。まあ歓迎してもらえるかどうかは、ちょっとわからなかったが。

俺の中で、この征心館を進学先として選んだ第一義は人脈の構築にこそある。

せっかくできた接点を、それだけで放置するのはあまりに惜しい。幸い俺には《仕事の募集》という体のいい口実があるため、無関係な部活を訪ねる理由づけなら用意できる。

——かくして俺は、放課後の第二文芸部室を訪れていた。

昼休みよりは、さすがに人の気配がだいぶ多い。文化系の部室や、同好会規模の小さい団体は基本的には第二部室棟が拠点なのだ。

二階まで上がった俺は、再び《第二文芸部室》と書かれた扉の前で立ち止まった。

ノックをしてみる。

コンコンと二度叩いて反応を待ったが、何も聞こえてこない。

誰もいないのだろうか。まあ約束していたわけでもないから仕方がないが、一応ドアに手をかけてみる——と、鍵はかけられていなかったのか、あっさり開くことができた。

「あれ、外出してるだけか?」

となると、これはちょっと迷ってくる。ほかに予定がなければ待つところだが、約束のことを考えると時間が限られるからだ。……それならリミットを決めておくか。

十分待って誰も来なければ今日は諦めよう。

そう決めて、俺は誰もいない第二文芸部室で待たせてもらうことにした。

改めて室内を見ると、同じ作りなのに演劇部室よりだいぶ簡素だ。電気ケトルなんかが備えられているくらいで、部活動らしい備品はほとんど見受けられない。

初めて請けた仕事で第一文芸部室にも入ったことがあるが、あちらは歴代の部誌や印刷用のプリンター、木棚に納められた文庫の数々など、いかにもな品が揃えられていた。

単純に第一文芸部は規模が大きく、場所もここではなく本校舎により近い第一部室棟にあるから、差があって当然かもしれないけれど。こちらは、あまり文芸部感がなかった。

棚はスカスカだし、執筆に使いそうな原稿用紙やパソコンなども見当たらない。

目につくのは例のスケッチブックくらいだ。水瀬の私物なのだろうか。

なんの気なく俺はスケッチブックを手に取ってみる。

文芸部よりは美術部っぽい備品だよな、なんて考えながらパラパラとページをめくってみると『おかえり、イサ』『成果は？』『×』『〇』——といった、俺をおちょくるために書き込まれた、さきほどの水瀬の字。

即興であんなコントみたいな真似をされては堪らない、と肩を揺らす俺の視界に、

「…………あん？」

ふと、予想していなかったものが飛び込んできた。

それはテーブルの上——ちょうどスケッチブックの真下に置かれていた白い紙の束。

びっしりと文字が書き込まれたそれは、つまりが小説か何かの原稿だ。

さすが文芸部。執筆活動もしっかり行っているらしい。

なら覗き見るのも悪いかと目を逸らそうとした俺だったが、――その直前。

目線が、原稿に吸い寄せられて離せなくなる。

「お……？」

理由は単純だ。読むでもなく漫然と眺めただけの文字列だろうと、その記述だけは俺は見逃せない。なにせ原稿の中に、思い切り《景行想》と俺の名前があったのだから。

「え。これ俺、……だよな？」

偶然《ナツキ》という名前だった少女を四人も見ておいてなんだが、偶然《景行想》という名前が一致したとはさすがに考えられない。明らかに、そこには俺が書かれている。

「どういうことだ……？　なんで俺の名前が……」

知らず、俺はその小説のような何かを読み始めてしまった。

内容的には、雰囲気としては学園モノだろうか。だが小説なのかエッセイなのかは割と微妙なラインだった。描かれていたのは、俺がこの部室に来たときの内容だったからだ。

登場人物も俺以外には、昼休みに会った砂金と水瀬のふたりだけ。

俺が砂金を部室まで背負ってきて、そこで水瀬と会う。

そのくだりが水瀬の視点から記述されている。ある意味で、めちゃくちゃ描写の細かい日記とも言えないことはないかもしれないが、文章の雰囲気はやはり小説めいていた。

原稿用紙の二枚目に移る。

その辺りから、徐々に内容が実際に起きたこととズレ始めてきた。

曰く――、

※

しばらく待っても、景行さんはイサを降ろさなかった。

その背中に当たる柔らかな感触を、できる限り長く楽しもうとしているのだろう。

「気持ちいい、想？」

悪戯っぽい笑みを浮かべながらイサが問う。けれどその顔に、ほんのり朱の色が差しているのを私は見逃さなかった。景行さんの視界には決して映ることのない艶のある表情。

彼の視界に映っているのは今、私だけだ。

その瞳が、嫌らしく舐めるように上から下まで私の体を観察している。

間違いなかった。彼はイサだけに飽き足らず、私にまでその毒牙を伸ばそうと――

※

「事実無根すぎる！」

と、俺が叫ぶのと同時に扉が開いた。

読むのに集中していた俺は、突然の音に驚いて両肩を跳ねさせる。

現れたのは、さきほど出会ったうちの片方——水瀬懐姫。

その無表情な目線が、椅子に座って原稿を読んでいる俺とまっすぐに交差する。

「…………」

「…………」

お互い、言葉を作れず無言の時間が流れた。

水瀬は何を考えているのか。変化の少ない表情から読み取ることはできない。

どうしよう。なんだか途轍もなく気まずい空気が部屋に満ちている。

だがやがて水瀬は見つめ合うことに飽きたのか、そのままますたすたと部屋の中に入ってくると、こちらを見下ろすように目の前に立って言った。

「——えっち」

「それ俺が言われる側？」

「覗き」

「それは悪かったと思うけど……」

「どうだった？」

「感想求められるの俺!?　この流れで!?」

「参考までに」

「……ってことは、これ書いたの水瀬ってことか？」

こくりと小さく水瀬は頷く。特に照れもせず認められるとは思わなかった。

いや、どうなんだろう。実は照れているのだろうか。どうにも表情変化が少ないせいで水瀬が考えていることは読み取りづらい。

「えーと。……これはいったい？」

何を言えばいいのか。迷った末に訊ねた俺に、水瀬は淡々とした態度でこう答える。

「イサが男の子を連れてくるなんて珍しかったから」

「……、から？」

「面白いシチュエーションだと思って」

「……、思って……？」

「官能小説として仕上げてみようと思いました」

「水瀬は友達のことなんだと思ってるん？」

「ネタ」

悪びれもしない水瀬だった。

マジかよコイツ。同級生そのまま登場させてエロ小説書くとか勇者すぎるだろ。

「まあ書いてる途中で飽きちゃったんだけど」

「それを聞いて正直ほっとしたよ俺」

「モデルが悪かった。特に男側があんまりそそられない」

「いや、そう言われるとなんかな……。なんで俺のせいみたいになってる？」

思わずツッコミを入れる俺。

と、そこで気づいたが、よく見るとほんの少しだけ水瀬の耳が赤い。

やっぱり多少なりとも恥ずかしかったのだろう。いや、まあこれを見られればそうか。

「悪かったよ」

俺は原稿用紙を置いて謝った。

どうあれ勝手に覗き見たことに変わりはなかったからだ。

「俺の名前があったから気になっちゃって。慰めになるか知らないけど、二枚目までしか読んでないから、そこは安心してほしい」

「……どっちにしろ二枚目までしか書いてないけど」

「ならほとんど読んだことになるな……そりゃすまんかった」

「別にいい」

あくまで水瀬は淡々としていた。

淡々としたまま、疑問を抱くかのように小首を傾げて。

「景行さんは怒ってないの？」

「え、俺が？」

「うん」

「いや、別に怒ってないけど……」

「……そうなんだ……」

こくり、と水瀬は何かに納得したみたいに首を動かした。それから、

「なら、今後ともよろしく」

「いや……この流れでそう言われると話変わってきちゃうんだけどね？」

今後もネタになってくれ、みたいな意味に聞こえてくるから。

それはちょっと、割と頷（うなず）きがたいところがある。少し考えさせていただきたい。

思わず渋面になってしまう俺。

その様子がツボにでも入ったのだろうか。初めて、水瀬がわずかだけ表情を和らげた。

「……ふふ」

薄く、ほんの少しだけ顔を綻ばせた笑みを浮かべる水瀬。

こいつもこういう顔をするんだな、と俺は少し得をした気分になった。

「いいね、景行さん。プラス一点」

「それなんの得点？」

「んー……、優しさポイント？」

「なるほど？　そりゃどうも」

「言い換えるなら性的魅力ポイントとも言う」

「その言い換えはしないでほしいけども」

「やらしさポイント」

「優しさと一文字違いで大違いだよね」

「まあ、男子としての魅力を感じたって意味だから」

「最初からそう言われてたらもう少し喜べた気もするけど」

「今ならさっきより筆も乗りそう」

「乗らなくていい。時として許される言論弾圧ってこの世にあると思う」

「表現の自由って知ってる？」

「プライバシーの侵害なら知ってる」

「なら仕方ない。お互いのデッキでリーガルバトルだね」

「そんな最悪のバトル嫌だ……」

「――ふふ」

水瀬のわかりづらい表情の変化が、少しずつ読み取れるようになってきていた。

悪くない気分だ。やっぱり変わった奴だが、意外と会話を楽しんでいる自分がいる。

「これ、文芸部の活動なのか？」

雑談の続きに俺は訊ねる。その言葉に水瀬はきょとんと首を傾げて、

「何が？」

「さっきの小説が。まさか俺がネタにされてるとは思ってなかったけどさ」

「……？」

俺の言葉に、水瀬は不思議そうに首を傾げた。

不思議そうにされると俺が不思議になってくるのだが、やがて水瀬は得心した様子で。

「そうじゃない。私は、そもそも文芸部員じゃない」

「え。……あれ？　違うの？」

「私は単に、冷やかしに来てるだけだから。第二文芸部員はイサだけだよ」

「そうだったのか……」

意外な発言に驚く俺だが、そういえば文芸部員だと名乗ったのは確かに砂金だけだ。

部室にいたから、てっきり水瀬もそうだと思い込んでいた。イメージだけで言うなら、砂金よりむしろ水瀬のほうが、文芸部員っぽい雰囲気もあったことだし。

「でも、その割には結構書けてるよな？　割とこなれてるような感じしたけど」

少なくとも初めて書いたってわけじゃない気はする。

そう思って言った俺に、もう元の無表情に戻った水瀬は、

「かもね」

とだけ答えた。こうなると、俺にはもう水瀬が何を考えているのかわからない。

「それより景行さん。なんでまたここに？」

「ん、ああ……別に用事があったわけじゃないんだけど」

「…………」

「まあ、ちょっと遊びにきただけだ。水瀬といっしょってことにしといてくれ」

「そうなんだね」

説明した俺に、水瀬はこくりと小さく頷いてから。

再び──今度は少しだけ悪戯っぽく笑って、彼女は言った。

「じゃあ、景行さんも何か書いていく?」

少し迷って俺は答えた。

「……んにゃ、遠慮しとくよ。実はこのあと予定入ってるから、あんま時間ないし」

「なるほど。それは残念」

「俺としては、俺が書くより水瀬が書いたものを読んでみたいんだけど」

「────────」

数秒。水瀬の反応がなかった。まるでフリーズでもしたかのように動かなくなる。

首を傾げていると、やがて水瀬は再起動するように動き出して。

「……それなら、さっきの作品の続きでも書く?」

「……ちなみに、今後はどういう展開になるの?」

「酒池肉林」

「オーケーわかった。この作品の続編は頼むから世に出さないでくれ」

「仕方ない。景行さんの言う通りにしてあげてもいい」

「ありがとね……」

「その代わり」

と、水瀬はこくりと小首を傾げながら。

なんでもないことのように、小さな声でこう言った。

「また来てね」

「……おう。また時間があるときに遊びにくるよ」

そう答えると、水瀬はほんの少しだけ——嬉しそうに目を細めて。

「ん。仕方ないから歓迎してあげる」

どうやら少しだけ、水瀬と仲よくなれたらしい。

と、そう判断してよさそうだ。


——それから数分ほど水瀬と話して、俺は第二文芸部室をあとにした。

結局、砂金が姿を見せることはなかったが、それについて水瀬に訊いてみると——、

「さあ？　どこかで疲れて寝てるんじゃないかな」

とのこと。あの妖精は性格に似合わず虚弱キャラすぎる。

結果的には部外者しか存在しない部室での時間を過ごしてから、本校舎まで戻ることにした。時間的にはまだ割と余裕があるが、なんであれ早めの行動を心がけておきたい。

俺は第二部室棟の玄関にまで戻ってきていた。

彼女と——再び邂逅したのは、ちょうどその場所でのことである。

入れ違いに、部室棟へ入るところだったらしい。

「か、か——景行想っ！」

ここで会ったが百年目ばりの勢いで、フルネームで俺の名を呼ぶ少女。咄嗟に身構えるように取った戦闘態勢（？）は、なんだか特撮に出てくる変身ヒーローを彷彿とさせた。

それは今朝、この近くの古い寄宿小屋で見かけた同級生——。

「不知火か」

「な、なんでこんなトコにいるワケ!?」

別に生徒が部室棟にいたところでなんの不思議もないはずなのだが。

どうにも不知火は、俺のことを特別な警戒対象として認識してしまったらしい。

「まさか先回りして部室棟で待ち受けてたんじゃ……！」

「なんでお前が部室棟に来ることを、俺が知ってると思うんだよ。もう帰るところだし」

「む……ぐ。それもそうか……」

だいぶ勢いで喋る奴だな、不知火は。

正直、ここまで警戒される謂れはない気がするけれど。

「で、不知火は部室棟に用事なのか？　何部なんだ？」

「な、なんであんたにそんなこと教えなきゃならないわけ!?」

「いやまあ、言いたくないなら別にいいけど」

「そんなこと言ってないけど！　それより景行はどうなの。あんた部活入ってんの？」

「いや、俺は部活に入ってない。知り合いの部に顔を出してただけだ」

俺が言うと、なぜか不知火は渋面を作って。

それから数秒あってから、なぜだか嫌そうにこう言った。

「……わたしも同じ。別に部活には入ってない」

「ふぅん」

「ただ部室が片づいたからって呼ばれただけだから。なんか文句ある？」

「いや……」

文句はなかったが心当たりならあった。

もしかして、不知火を呼んだのは押見先輩だろうか。知り合いではあるみたいだし。

「わかった。引き留めて悪かったよ、それじゃあな」

ともあれ今は急ぐときだ。

それだけ言って立ち去ろうとしたところ、不知火は突如「うっ」と呻いた。

あちこちに視線を彷徨わせ、かと思えばやがて小さく、もにょもにょと何か言い出す。

「……えっと、別にいいけど……、その」

「なんだ？」

「……なんでもありません。わたしも行くから。さようならです！」

最後にそんな捨て台詞を吐くと、不知火はそのまま俺の横を通り過ぎていった。

いやはや、なんというか。

——どうにも突っ張るのが似合っていない奴だった。

強気な態度を取っているようで、言葉の端々から丁寧さというか、育ちのよさみたいなものが溢れ出している。真面目な奴が無理に悪ぶっているかのようなアンバランスさだ。

「…………」

いまいち、俺には不知火という奴のことが掴めない。

初めて会った日、あれほど完璧な外面を保っていた奴が、今はぜんぜん態度が違う。

俺が独り言を盗み聞いてしまったせいか。いや、そう考えるにしても奇妙な点はある。

「……どういうことなんだろうな」

そう。言うならあの日以外の不知火の態度には――打算がないのだ。

いったいどういう違いなのか。

気づけば不知火のことを考えているのは、たぶん、それが気にかかっているからだ。

6

約束の五分前には、俺は生徒会室に辿り着いていた。

目の前には、分厚い両開きの扉。

校内のほかのドアとは明らかに雰囲気が違う大きなそれを、俺は片手でノックした。

「失礼します――」

中から反応はなかったが、俺は気にせず生徒会室の扉を開いた。

――室内にいたのは、男女ひとりずつのふたりの生徒だ。

その片方、正面のデスクの傍らに立っている女子のほうの生徒が、俺を見て言った。

「時間通りですね」

まっすぐな黒髪を肩ほどで揃(そろ)えている、すらりとした長身の女性生徒だ。制服の左腕に腕章が留められており、そこに《副会長》の文字が見えている。

入学の前週、不知火の案内で引き合わせられたのが、まさに目の前の彼女だ。

その名前を駿河(するが)九(ここの)先輩という。

「どうも、お邪魔します。……ご無沙汰してます」

そう答えた俺に、彼女は一度頭を下げて。

「こちらこそ、突然お呼び立てして申し訳ありませんでした」

「いえ、大丈夫です」

「会長からお話があるとのことですので、まずは中へ」

平坦(へいたん)で色のない、しかしはっきりとした口調で駿河副会長は話す。

雰囲気的には水瀬(みなせ)と少し似ているが、あちらが割と緩い印象なのに対し、駿河副会長の態度からは上級生だからという以上の厳しさが感じられる。

厳粛な場の雰囲気も相まって、緊張の度合いが少しだけ増してきた。

そして——。

「まあ、そう硬くならなくて大丈夫だから。リラックスしてちょうだいよ」

もうひとりのほう——正面のデスクに座っている男子生徒が、柔らかな口調で言った。

こちらは腕章をつけていないが、その椅子に座れるのは全校でただひとりだ。

「初めまして」

俺は言う。

実際には遠目に見たことがあったが、話すのは初めてだからこれでいいだろう。

俺の言葉に、彼は答えた。

「うん、初めまして。生徒会長の時本一佐だよ。よろしくね、景行想くん」

駿河先輩と比較して、時本先輩は非常に穏やかな印象を纏っていた。

淡めの金髪に近い髪色だから、容貌としては割と目立つほうだと思うのだが。目を細くして微笑む姿からは、駿河先輩とは違ったベクトルで大人びた印象を感じた。

「急に呼び出して悪かったね。樹宮さんから詳しい話は？」

時本会長の言葉に首を振って返す。

「特には何も……」

「そうなんだ。なら困惑させたかもしれないね。それは申し訳ない」

「あ、いえ。構いませんが」

そこまで言ってから、そういえば樹宮は同席しないのかと遅まきながら思い至る。

——いったいなんの用件で呼ばれたのだろう。

「座って話そうか。どうぞ、景行くん。そっちに腰を下ろしてくれ」

時本会長は椅子から立ち上がると、部屋の手前側にある応接用のソファを指し示した。

俺は頷き、言われた通りに大きなソファに腰を下ろす。その間に、駿河副会長がお茶を淹れる準備を始めていた。……少なくとも、歓迎してもらえる構えではあるようだ。

「学校には慣れ始めてきたかな？」

正面のソファまで移動してきた会長にそう問われた。

まさか新入りの様子を確認するためだけに呼ばれたはずもなし。これは話の枕としての雑談なのだろう。俺は頷く。

「そうですね。入学前に想像していたよりは」

「おや。ということは、入学前は割と不安があったのかな？」

「まあ自分以外は全員知り合い同士なんで、打ち解けられるかは不安でしたね」

「ははは、それはそうかもしれない。だけど、それをわかった上で君は我が校を進学先として選んでくれたわけだ。僕も生徒会長として喜ばしい限りだよ」

時本会長は細い目で笑顔を絶やさない。どこか底の知れなさを感じる笑みだ。

確か、時本会長もどこかの大企業の御曹司だという話だったか。詳しいことは知らないが、その辺りは大財閥の御令嬢である樹宮とも、通じる部分があるのかもしれない。

気安いようで、決して油断ならないような——そんなイメージを受ける。

「どうぞ」

と、そこで湯呑に緑茶を淹れた駿河副会長が近づいてくる。

三人分。それをテーブルに置くと、駿河副会長は時本会長の隣に腰を下ろした。

「ありがとう、九（ここの）くん」

会長が言ったのに続けて、俺もありがとうございますと頭を下げる。

駿河（するが）副会長は小さく会釈だけを返し、それ以上は何を言うこともなかった。代わりに、

「結構いい茶葉だよ。僕が個人的に買っているものだからね」

「そうなんですね。なるほど」

「ああ。九くん――駿河副会長が淹（い）れてくれたときが特に美味（おい）しい」

「なるほど……」

なんだか底の浅い返答しかできない俺だった。なるほどしか言えていない。

どうしよう。茶葉の味の違いなんて判別できないんですけど。

この学校ではその手の技能が求められるのであれば、習得するべきなのだろうか。

ひと口、俺はお茶を啜（すす）って言った。

「美味しいです」

さすがに味の感想を求められている流れだろうと思ったのだが、やっぱり駄目だ。

嘘（うそ）ではなかったけれど、何ひとつ上手（うま）い返しじゃない。

ただ幸い、ふたりともまるで気にした様子は見せなかった。

「それはよかった」

「そうですね」

会長と副会長は淡々と言葉を交わし合う。

いったい何を考えているのか、想像すらつかなかった。

「また飲みたくなったら、いつでも気軽に訪ねてきてほしいな」

「その際は、会長が淹れて差し上げたらよろしいかと」

「おっと。僕は九くんよりは下手なんだけど。景行(かげゆき)くんはそれでもいいかな？」

「あ、はい。それはもう。はは……」

もう乾いた笑みしか出てこない俺である。

――どうにも苦手だ。こういう、腹の底を探り合うような空気は。

いつも必ず、嫌な記憶を思い出してしまうから。覗(のぞ)かれている腹の底に、視線の圧力で痛みを感じるような錯覚がする。そういうのが苦手だったから、かつての俺は、思考することを全て放棄してきたのだ。打算をないものとして、いい人ぶって過ごしてきた。

「さて。そろそろ本題に移ってもいいかな」

「……はい」

会長からの問いに、即座に頷(うなず)く。

臆してなどいられない。俺は苦手を克服するためにこそ、この学校を選んだのだから。

いつまでも古い記憶に囚(とら)われてはいられない。俺はまっすぐに正面を見据えた。

「俺に何か話がある、ということでいいんですよね？」

だからこそ俺は自ら切り出した。

時本(ときもと)会長は頷き、俺の言葉を肯定する。

「そう。話が――というよりは、君にひとつ頼みたいことがあるんだ」

「頼み……ですか？　俺に？」

「そうだね。僕にはひとつやりたいことがあって、それに適した人材を探していた。君の噂(うわさ)を聞いたのはそんなときだ、景行想(かげゆきそう)くん。樹宮(きみや)さんと話して僕は確信した」

樹宮は会長に、俺のことをなんと言って伝えたのだろう。

かなり気になったが、それを訊(き)けるような空気ではなかった。

「さて、頼みというのはほかでもない。君には、生徒会からの依頼を請けてほしいんだ」

――依頼。依頼と来たか。

もちろん会長は俺が様々な部に顔を出していることを知っているのだろう。でなければ出てこない表現だと思う。というか、遠回しに黙認していると言われている気がする。

しかし素直に受け取るには不可解な言い分でもあった。

「それは、生徒会に入れ……という意味ではないんですよね？」

「もちろん。役員は全て選挙で決められる。そもそも僕の一存では決められないよ」

「ですよね……」

「選挙は来月。つまり僕の任期も、再選しなければ残りひと月もないわけだ。もし生徒会活動に興味があるなら立候補は歓迎するけれど、それは今回の話とは関係がない」

会長も副会長も今年で二年生。

つまり一年の頃から会長を務めていたということだ。再選する可能性も高い。

「それで――」

ひと息。間を空けてから、俺は訊ねる。

「具体的には、俺は何をすればいいんでしょう？」

「簡単に言えば《交流》になるかな。君の価値観を貸してほしい」

「交流……ですか……？」

いまいち掴みづらい表現に俺は首を傾げる。

会長のほうは様子も変わらず、ただ少し眉根を寄せながら。

「これでも僕は、この征心館の生徒会長だからね。全校生徒がよりよい学園生活を送れるよう計らうのが仕事だ。とはいえこれだけの生徒数、どうしても限界はある」

「はあ……」

「元より入試の方針もあって、征心館には優秀な能力を持った生徒が集まっている。だが必ずしも全ての生徒が、持って入った能力を活かしきり、育てきって卒業できるわけじゃない。それでも、なるべくなら多くの生徒に、自分の才能を磨き上げてほしいと思う」

「それは……そうですね」

非の打ちどころのない綺麗ごと。

それを、ごく当たり前のように語るのが時本会長は上手かった。

「まあ、あえて言い方を変えれば《成果を出してほしい》と表現してもいい。自分が会長職を請け負った代に優秀な実績を出す生徒が揃えば、それはそのまま僕の成果に繋がる」

「……なるほど」

「進学校なら合格実績になるだろうけど、我が校は必ずしもそうじゃない。例年、生徒の半数ほどは征心館大学にそのまま進学するからね。その代わりに、優秀な《一芸》を持つ生徒を多く擁するのが征心館の強みなんだ。そこに僕は自分の役割を見出している」

——同時に、君の。

つけ加えるように会長は語る。

「まあ、早い話が我が校の生徒の中に、入学時に持っていた自分の《一芸》を振るわなくなった生徒がいるという話だね。君に頼みたいのが、つまりそのフォローというわけだ」

「フォロー……ですか？」

「ああ。せっかく持ち前の才能を買われて入学したというのに、それを発揮しないままで残る三年間を過ごすというのは実に惜しい。悩みがあるのか、興味が薄れたか、あるいは別に目指す道を見つけたのか。個々人で違いはあるだろうけど、もしまだその気があるのなら、生徒会としては支援を惜しみたくないからね。これはそういう類いのお節介だよ」

「それで交流、ですか」

「マネージャー業と言い換えてもいいね。この学校の部活にマネージャーという枠組みはないから、そこに目をつけた君の視点を僕は買っている。その延長だと思ってほしい」

「それは……俺の場合は、ただ頼まれた雑用をやっているだけですよ。それに、もともと発案は俺じゃなく、樹宮の考えです」

「知っているよ。その上でさ。別に、何も特別なことをしてほしいわけじゃない。だけどできるなら自分の才能に自信を取り戻してほしい、とも思う。それに足る能力を君が持ち合わせていることなら、このひと月の間に証明されていると僕は考える」

どうなのだろう。俺に、この会長から期待されているような能力があるのだろうか。

少なくとも無下に断れる話ではない。会長の言葉は正論だし、実際多くの部活動に首を突っ込んでいることは確かだ。その延長と言われては、首を横には振りづらかった。

会長は言葉を重ねて、

「征心館では、成果さえ出せば各人の能力に応じた支援を厚く受けられる。その幅広さを取れば全国でも有数と言えるだろう。この一年、僕が力を入れて取り組んできた活動でもある。だから君に頼みたいのは、あくまで僕の手が届かない一部だとは言っておこう」

ひと口、時本会長は啜るように湯呑へ口をつける。

それから、再び俺に向き直って言った。

「概要としては以上だね。質問があれば受けつけたいと思うけど」

ひとまず話は理解したと思う。ただ、やっぱり不思議な話ではあった。

何を訊くべきか、俺は頭の中で思考を纏める。それから、会長に向けてこう訊ねた。

「今のお話は、誰か具体的な対象生徒がいると捉えていいんですか？」

「話が早くて助かるね。その通り、君に任せたい生徒はすでに具体的な候補がある」

だと思った。時本会長は、具体的な誰かを想定して俺に話を振っている。

「全員、優秀な才能を買われて入学した生徒たちなんだけどね。それを使わずに過ごしていることを、僕は《もったいない》と考えている。君に任せたいのはそんな生徒たちだ」

「…………」

「無論あくまで、当人の意志ありきではある。無理強いを代行しろと君に頼んでいるわけじゃないことは理解してほしい。望まないことを強制しても意味はないからね」

「そう、ですか」

「ちなみに君を選んだ理由は、もちろん君が入学から間もなくして様々な部活から信頼を得ているからでもあるし、任せたい生徒たちが君と同じ一年生だからでもある。しかし、最大の理由は君が征心館（せいしんかん）の外から入ってきた生徒で――関係をゼロから築けるからだ」

欲しい説明を先回りでされている感覚だった。

俺が考える程度のことは、初めから当たり前に潰されているということだろう。

参った。――だって俺には、この話を請ける以外に選択肢がない。

これは断れない提案だ。会長は――ひいては生徒会は、言葉にしていないだけで、俺の行動を問題視して禁じるという選択肢を持っているのだから。

どうあれ俺は、同じ学校の生徒から、対価を貰（もら）って働いている。校則に違反していないことは確認済みだが、そんなものはいわば、法の目の穴を突いたに過ぎない。

やめろと公式に言われた場合、それだけで俺の活動は破綻してしまう。

つまり時本会長の提案を換言するなら、これは《言うことを聞けば生徒会からの頼みという体にして見逃してやる》という意味合いになるわけだ。断れば潰されて終わるだけ。

その手段を実際に生徒会が行使してくるかなど、この際もう問題じゃなかった。

初めから負けが決まっている交渉の中で、勝っている側が自ら譲歩をくれているようなものなのだ。これは慈悲であって、それを俺が自ら手放すようではそもそも救いがない。

「もちろん無償でとは言わない。君は、あくまで対価を貰って働いているからね」

ほとんど釘を刺されているに等しい言葉を時本会長は述べる。

まさに完全敗北だ。ここまで譲られて断れるほど、俺も考えなしにはなれなかった。

「僕にできることなら、何を言ってくれても構わない。成果も問わない。引き受けてさえもらえるなら、その時点で報酬を約束しよう。内容については君が考えてくれればいい」

「…………」

「頼んでも構わないかな？」

そこまで言って、時本会長は深く俺に頭を下げた。隣にいる駿河副会長もだ。

「……わかりました。お引き受けしますので、顔を上げていただければと思います」

「そうか。そう言ってもらえるなら、僕としても安心だよ。ありがとう」

そこで時本会長は、いつの間に用意していたのか、机の上にクリアファイルを置いた。

そちらに視線を落とした俺に、彼は続けて。

「頼みたい生徒の情報は、そこに用意してある。参考にしてほしい」

「はあ……」

「まあ、そう気負わずにやってほしい。樹宮さんにも協力は取りつけてあるから、まずは難しいことを考えず……そうだね、新しい友達を作るつもりで取り組んでくれたらいい」

俺は頷き、机に置かれたクリアファイルを手に取る。

中には数枚の書類があった。顔写真つきの、簡単な履歴書のようなものらしいが――、

「……ん？」

記された名前に見覚えがあったため、思わず喉から音が零れた。

俺は、ほとんど直感に突き動かされるように紙を捲る。そして思わず顔を顰めた。

『不知火夏生』

『砂金奈津希』

『水瀬懐姫』

いったいどういう確率の偶然なのか。

三枚あった書類の全てが、俺の知る《ナツキ》に関するものばかりだ。

もはや運命論者に鞍替えしたくなる無駄な奇跡を前に、黙り込んだ俺へ会長は告げる。

「そう。全員、下の名前の読みが同じでね。樹宮さんも含めて、学内じゃ有名だよ」

俺が黙り込んだ理由を、会長は名前の一致に驚いたからだと思ったらしい。

今日だけで俺が全員と会っていると話せば、驚きをシェアしてあげられるところだ。

しばらく、無音の時間が流れる。

話はこれで終わりのようだ。俺は残っていたお茶に手をつけた。

湯呑はすぐ空になる。俺は視線を駿河副会長に向けて、

「ご馳走様でした」

「生徒会のお客様ですから」

礼には及ばない、というような意味なのだろう。それでも頭だけは下げておいた。

俺はファイルを仕舞って立ち上がる。

「では、失礼します」

最後にもう一度だけ一礼して、俺は席を立って出入口のほうへ向かった。

先輩たちも立ち上がり、扉の前までついてくる。時本会長は今も笑っていた。

「ファイルの中に、資料といっしょに僕の連絡先を入れてある。何かあればいつでも相談してほしい。もちろん生徒会室に直接来てくれても構わないけれど、そのときは前もって連絡しておいてもらえると助かる。いつもここにいるとは、そんなに限らないからね」

「わかりました。いずれ、何かご相談に来ることがあるかもしれません」

「さっきも言ったけど、別にただ遊びに来てくれたっていいんだよ？」

「あはは……そうですね。それができたら嬉しいです」

実際、生徒会長と接点ができたのは大きい。俺にとっては喜ぶべき進歩だ。

何やらおかしな仕事こそ任されたが、成果を問われない以上は焦る話でもない。

いや、むしろわかりやすいほど計算された提案に、俺はいっそ感動しているくらいだ。

それくらいのほうが気持ちもいい。俺が目指すのは、まさにここだろう。

そうして、俺は生徒会室をあとにした。

重厚な扉の向こうに、ふたりの先輩の姿が隠されていく。

俺の《仕事(ビジネス)》は、こうして正式に生徒会から嘱託される形となった。

※

来客が扉の向こうに消えてから数秒後。

生徒会副会長、駿河九(するがここの)は——小さく溜息(ためいき)を零(こぼ)してから言葉を作った。

「今度はどういう思いつきですか？」

「うん？」

生徒会長である時本一佐(ときもとかずさ)は、信頼する副会長の呆(あき)れた態度を一度は流してみる。

その行為に意味はない。駿河九は、己の仕事を《時本一佐が言われたくないことを言うこと》と定義しており、一佐はそれを認めている。だから言った。

「交流、だなんて適当なことを。中等部時代の事情を知らない彼には不公平では？」

「別に間違ってはいないと思うんだけどな。交流以外に適切な表現がある？」

「更生でしょう。少なくとも、会長が彼に期待することとしては」

「そんな上から目線で考えてるつもりはないけどね？　確かに彼女たちは問題児だけど」

「…………」

「それに、結果的には彼は引き受けてくれたわけだしね。別に問題はないでしょ」

「引き受けざるを得ないと思っただけに見えましたが。——まあ確かに、それでもこんな曖昧な話、引き受けるとは思っていませんでした。彼に何かあるのですか？」

訊(たず)ねる九に、一佐は首を振って答える。

「見るところはあると思ったけど。でも基本的には直感と、あとは樹宮(きみや)さんの話を聞いた上での判断だね。彼のことを、少なくとも僕は詳しく知っているわけじゃないよ」

「なるほど。目をつけられたというわけですか」

「目をかけたと言ってほしいところだね」

「問題児の対応を押しつけただけに思えますけど」

「何、反対だった？」

「いえ別に。私は会長ほど、気炎を上げて生徒会活動をしていません。予想よりもだいぶ苦労させられたので、今年はもう立候補しなくてもいいかもしれないと考えています」

「それは困るから来期も続けてほしいな……九くんがいてくれると話が早いんだよ」

九は何も返事をしなかったが、一佐も重ねては言わなかった。

ただ小さく息をつき、揺るがない生徒会長としての信念を口にする。

「理由はどうあれ、彼も征心館(せいしんかん)の一員になったんだ」

「会長？」

「単純な話さ。僕は――景行くんにもこの学校を楽しんでほしいと思ったんだよ」

――たとえその青年が。

楽しむことを、全て捨ててこの学校を選んだのだとしても。

第二話『征心館の「ナツキ」たち』

0／B

自分がどうでもいい奴なのだという純然たる事実を、初めて突きつけられたのは、俺がまだ小学生の頃だった。

あるパーティー会場で行われた立食会での出来事であった。

場所は覚えていないが、都内にあるどこかの高級ホテルで行われたパーティーに、母に付き添われる形で参加したことがある。会社員である母の仕事上の催しであったらしく、正直なことを言えば、俺にとっては最初から、まったく楽しくない行事だった。

なにせ出席者は大半が大人で、そこで交わされる会話など子どもの俺にはさっぱり理解できなかったし、そもそも俺のことなんて誰も意に介していなかった。

——幸運だったのは、会場には同じ立場の子どもが俺以外にもそれなりにいたことだ。

子どもは子どもで基本的には別室に集められ、適当に分けられた料理を食べながら同じ年代同士で過ごせるよう取り計らわれていた。俺は人見知りするほうではなかったから、同い年くらいの子どもがいることに、最初はそれなりに満足していたと思う。

では不運だったことは何か。

それは、こういった社交の場に慣れていないガキが、俺だけだったという事実だ。

面白くない大人のパーティーに連れ出されて、それを不満に思っていた。それだけなら
よかったものを、俺は同じ立場の子どもたちが、同じ不満を持っていると思い込んだ。

静かに大人しく待っている子どもの中で、騒がしく話し続けるのが俺だけだったことに
最後まで気がつかなかったのだ。

「なあ。ここ抜け出して、どっかに遊びに行こうぜ！」

だから俺にとって、その提案はごく当たり前のものだった。

断られることを想定すらしていない発言だ。

「で、でも……父様は、ここで大人しくしていなさい、って」

当然、誘った子どもからは反発があった。

その子は、集められた子どもたちの中でも少し浮いていた子だ。

今にして思えば浮いていたのは俺のほうだし、その子と俺とでは、浮いていたの意味が
そもそも違っていたのだが、俺にとっては数少ない、構ってくれる《友達》だった。

「大丈夫だって、バレる前に帰ってくれば！　こんなとこいたって楽しくないでしょ？」

「う、うん。わかった。じゃあ、いっしょに連れてってて？」

——それが俺の無価値を決定的に証明する行為だと、全てが終わってから思い知る。

たった一夜だけの、あの《ナツキ》という名の友人との決定的な決別の原因。

パーティーが終わってから母は言った。

「いいか、想。人はいつだって他人から値踏みされて生きている。社会で生きるってのはそういうことなんだ。想にどれほどの価値があるのか、誰もがそれを測ろうとしている」

実際そうなんだろうな、と俺は思った。

会場には同年代くらいの子どもたちが何人も来ていたが、幼い彼ら彼女らですら、常に振る舞いに気を払って、誰が有用で誰が無能なのか、その視線で目敏く測っていたのだ。

容貌、服装、態度、視線、表情、家柄、器量、知性、体力、才能。

あらゆるステータスを競争の道具として認識する世界を、そのとき俺は垣間見た。

当時の俺が《失格》の烙印を押されることなんて当たり前の話でしかなく、けれどその事実がどうしても受け入れられなかった俺は、それから他者を打算で測るという行為に、徹底的に歯向かって生きることになる。脆く幼く、あまりにも下らない子どもの反骨。

あるいは、お前には価値がないと突きつける存在に対する——根源的な恐怖心。

当時の母は、そのときの俺にもうひとつ、教えを授けてくれていた。

「——想はこういうのに向いてないね」

1

生徒会長と会合した翌日。

この日も俺は朝早くから登校し、今度はなんの問題もなく教室に辿り着いた。

自分ひとりしかいない教室で、改めて昨日受け取った資料を見る。

おそらく生徒会が独自に作成したものだろう。内容的には、定期試験の順位や所属するクラスと部活など、基本的には公開情報と思われるものだけで構成されている。

逆に言えばそれだけだ。

個人情報に相当するものは誕生日や血液型すら書き込まれていない。

というか紙面の大半が空欄で占められており、どちらかと言うなら《ここに書き込める情報を自分で調べ上げてこい》というようなニュアンスが伝わってくる作りだった。

唯一、三人全員が一芸入試であったことだけは資料に明記がある。

ただこれも、生徒会からの依頼内容を考えれば当然の前提にはなる部分だ。

「……才能か……」

生徒会からの依頼は単純だ。中等部の入学時に持っていた《一芸》を、彼女たちに再び発揮してほしい、そのためのフォローを俺にしてほしい。要約すればそれだけだった。

まあ、言わんとせんことはわかる。

たとえば野球でスポーツ推薦を受けた生徒が、野球そのものを辞めてしまっては学校の立場としては困るだろう。無論、怪我などのやむを得ない事由があるなら話は別だが。

なるほど時本会長が俺に話を持ってきた理由も、冷静になると察しがつく。

この手の話は、生徒会を含めた学校サイドが無理に強いたところで、まずいい結果には繋がらない。言われてやるようなら初めからやっているからだ。

なら俺のように、よくも悪くもどこの立場にも所属していない人間に話を振るのは悪くない手だった。成功すれば無論よし。仮に俺が失敗しても、生徒会は何も困らない。

「そうなると最初の問題は、あいつらがいったいどんな《一芸》を持ってるかだな……」

まずそこを押さえなければ話が何も発展しない。

できればそれも資料に載せておいてほしかったところだが、おそらく入試の内容は公開情報ではないのだろう。調べる方法はいくらでもありそうだから、これはひとまず措く。

となると、次に浮上してくる問題はひとつだった。

「どうコンタクトを取るか、だよな……」

生徒会で頼まれたから——なんて馬鹿正直に言うのはたぶん悪手な気がする。

普段の仕事と違い、基本想定として本人がやりたがっていないことをやらせようという話だからだ。この依頼を《交流》と称した時本会長は、ともすると悪辣な気がしてくる。

机の上に広げた資料を睨んで、俺はしばらく今後のことを考えてみた。

——教室にふたり目の生徒が登校してきたのが、それからおよそ二分後のことだ。

「おはようございます、想さん。今日こそいちばん乗りですね」

教室の戸を開けて笑顔を見せた女子に、俺も笑みを作って応じる。

「ああ——樹宮か。おはよう」

「その資料は生徒会からですか、想さん？」

彼女の問いに小さく頷く。

「そう。ちょっと生徒会から仕事を頼まれてさ、その資料」

「伺っております。私も想さんへの助力を頼まれていますから。聞いていませんか？」

「そういえば言ってたな……。じゃあ樹宮も事情は知ってるのか」

「ええ。むしろ想さんのほうから私へ連絡があるかと思っていたくらいですけど」

言いながら、彼女は俺の隣の席へ鞄を置いた。

景行と樹宮で出席番号が近いため、席が隣同士なのだ。

「まあ、あくまで俺が請けた仕事だからな。できる限りは自力でやるよ」

「……本当に引き受けたんですね。そんな気はしてましたが」

小さな溜息とともに、そんなことを樹宮は言う。

「いや、まあなんか断れる空気じゃなかったし」

「想さんに得はないでしょうに。時本会長は辣腕ですが、時に強引でもあります。余計な先入観を持たないように黙っていたのが裏目に出ましたかね……」

「と言うと……樹宮は、反対だったってことか？」

「想さんが決めたことに意見する気はありませんよ。私の責任でもありますから」

あくまでも樹宮は俺を立ててくれている。

正直、俺に対して少し気を遣いすぎなんじゃないかと思うほどだ。

「何か私に手伝えることはありますか？」

「まあ、そうだね。ちょっと相談に乗ってもらえたら助かるかな」

「相談に乗るだけでいいんですか？」

「樹宮だって忙しいだろ。なるべく迷惑はかけないよ」

「……そう、ですね。私は、その三人とは少し相性が悪いですから。手伝えることがあるとすれば、実際そのくらいにはなるかもしれません」

「あれ。そうなのか？」

「別に仲が悪いというわけではないですが。まあ、いろいろと事情がありまして」

言って彼女は首を横に振った。

基本的には誰とでも仲のいい樹宮の、そんな態度は少し珍しい。

とはいえ、樹宮が語ろうとしなかったことを掘り下げて訊くのは躊躇われる。

しばし考えてから俺は言った。

「樹宮って入試は一芸だったりした？」

「わたしですか？　いえ、わたしは学力試験でしたよ」

「あ、そうなんだ……てっきりスポーツ関係の何かかと思ってたけど」

「いくつか嗜んだことのある競技はありましたが、どれも実績と呼べるほど打ち込んではいませんでしたから。それに、そもそもスポーツで一芸を受けた生徒は少ないですよ」

「そうなんだ？」

「あくまで中学入試ですし、スポーツ関係は基本、特化した学校を選んだほうがいいですからね。上級生にフィギュアスケートの選手ならひとりいますけど」

「へえ……さすが幅広いな征心館」

でも確かに。学校の部活単位が主体となるスポーツで、あえて征心館を選ぶメリットはあまりない。たとえば俺が野球をやっていたら、普通に野球の名門校へ進むだろう。

「ちなみに、この三人が何で入学したのかは知ってる？」

重ねて俺は訊ねた。リストの内容については樹宮も知っているみたいだし。

少し思い出すように小首を傾げてから、やがて彼女は小さく。

「ひとりだけ。本人に確認したわけではありませんが、不知火さんなら予想はつきます」

「へえ……じゃあ割と有名なのか」

と、相槌として呟いた俺を見て、彼女は少しだけ妙な表情をした。

「有名ですよ。想さんが思っているよりも。おそらく想さんもご存知だと思います」

「俺が……？」

首を傾げる俺に、樹宮は小さく頷いて。

それから、こんなふうに続けた。

「彼女は元子役です。《赤坂ナツキ》の名で一世を風靡した有名人なんですよ」

「――えっ、マジで……？」

俺は驚きに目を見開いた。

「マジで、です」

「そうだったのか……。いや、その名前知ってる……！」

俺が幼い頃に、社会現象レベルでヒットした作品に出演していたはずだ。あまりテレビドラマを観(み)ない俺でも知っているくらいだから、おそらく相当な有名人なのだろう。

当時の俺は《ナツキ》という名前を、口にするどころか聞くだけでも反射的に胃が痛くなるトラウマの全盛期だったため、なるべく視界から外していたのだが……。

「そうか……芸能人だったのか、あいつ……」

「はい。もっとも現在では、あまり積極的に芸能活動を行ってはいないようですが」

「なるほど。それで会長が俺にね……話はわかった気がするけど」

だとすると思ったよりハードルが高いな。

ただでさえ不知火には初対面から悪い印象を与えてしまっている。

その上で、いったいどの口で芸能界に戻るように勧められるというのだろう。

どう考えても「は？」のひと言で終わりじゃないか……？

「まあ、不知火については後回しにするか……。砂金(いさご)と水瀬(みなせ)に関しては何も知らない？」

取っかかりが見えなさすぎるため、ひとまず話を別の方向にずらした。

ただこちらに関しては、樹宮は首を横に振るだけで。

「すみません。さすがに入試の内容までは」

「そうか……いや、そうだよな」

「ただ、水瀬さんのほうに関しては少し思うところはあります」

「お。と言うと？」

「……中等部までの三年間で、水瀬さんの成績は常に学年トップクラスでした。正直この話を聞くまで、私は水瀬さんも一般受験組だと思っていたくらいです」

「ああ、そういえば……」

改めて貰った資料を俺は確認する。

水瀬の試験成績は、そのほとんどが学年一位だ。いちばん低い順位でも三位なのだから安定している。最初に見たときは「へえ、成績いいんだな」としか思わなかったけれど。

「こんだけ勉強できて一芸受験だったのは、確かに意外ではあるか……」

この成績なら、一般入試を受けていれば確実に特待生待遇を得られただろう。

俺も受けている特待生の援助枠は、これは意外な気もするが、一芸入試には適用されていないのだ。学費の免除を受けたければ、勉学で成績を取る必要がある。まあ家が裕福な場合は、あえて特待枠は取らない的な不文律も、あるとかないとからしいけど……。

ともあれ、何かしらのヒントにはなってくれそうだった。

「よし。ありがとう、参考になったよ――樹宮」

顔を上げて、俺は樹宮に礼を告げた。

彼女のほうは静かに首を振って、

「このくらいしかお役に立てそうにありませんから」

「いや、充分だよ。いつも頼ってばっかで悪いな」

「……そんなことはありませんよ」

どこか強めに、樹宮は俺の言葉を否定した。

意外に自信がないというか、謙虚が過ぎるというか。思ったより控えめなことを言う。

「まあ、とにかく俺は助かってるから。この件は、いずれお礼をさせてくれ」

樹宮はしばらく無言でいたが、やがて薄く笑みを作って頷いた。

「では、期待に胸を膨らませて待っておきますね」

「……ほどほどくらいで頼む」

「それはダメです。想さんから言い出したんですから、もう撤回はできませんよ？」

頭を悩ませなければいけないことが、どうやらもうひとつ増えたらしい。

2

その後、午前中の授業の間は平和な時間が続いた。

まあ波乱に満ちているほうがおかしいが、入学から今日まで割と激動の日々を過ごしてきた実感があるため、少なくとも今すぐやることがないという意味では貴重な平穏だ。

たとえるなら、台風の目にでも入ったみたいな感覚か。

言い換えれば今後は忙しくなる予兆であり、今やることがないのは単に何も思いついていないからに過ぎないわけだが。——いや本当、これからどうしたものだろう？

「昼休みかー……」

四限の授業が終わってから五分ほど、俺は席に座ったまま漫然と教室を眺めていた。

そういえば、昼休みにこうして教室に居残るのは久し振りだ。大抵は仕事をしていたり、でなければ仕事を探したりと、基本的に外へ出かけている。

ということで、いっしょに昼を食べるような友人も特にいない俺が完成していた。

……いや別に浮いてはいないと思うんだけど。

たとえば犬塚(いぬづか)とか、たまに樹宮(きみや)といっしょに声かけてくれるし……。

ただまあクラスメイト視点だと、基本的に俺はお昼にいない存在として認知されているというか。忙しそうにしているから気を遣われている的な、そういう感じなのだと思う。

——それもそれで悲しくないか？

という感じで、振り返ってみると俺はむしろ、クラスメイトよりもクラスの外に知人の輪が偏っている気がする。ちょっと教室での立ち振る舞いを考え直しておくべきか。

普段は樹宮がいるからなんとかなっていただけで、彼女がいないとお昼ご飯に誘われることすらないのだから割と問題だ。あれ、やっぱ俺って浮いてる……？

「……よし」

まあ、そのお陰でひとつ思いついた案があるのだから、今日のところはいいとする。

いつも通り教室を出て、俺は目的地を第二部室棟と定めて歩き出す。

ただし今日は途中で寄り道をした。

と言っても、購買に寄ってお昼ご飯を買うだけだ。食堂のメニューがそんなに安くない一方、購買部は非常にリーズナブルでお財布に優しい。

ひとつ百円の総菜パンやサンドイッチを、少し多めに買い込んでから校舎を出た。

そしてその足で、相変わらず無駄に遠い第二部室棟へと向かう。

「不知火は……いなさそうか」

一応、ついでなので寄宿小屋を確認してみたが、誰かがいる様子はなかった。

まあ構わない。今日のところは、目的は砂金と水瀬のほうだ。

部室棟に入って、第二文芸部の前へ。

ここまで来て初めて、同じ学年なんだから本校舎を出る前に教室を確認してから来ればよかったと思い至ったが、これは今さら遅すぎる。

当初の予定通り部室に来ていることに賭ける形で、俺は扉をノックした。

数秒待つと、中から部室の扉が開かれる。

「よう。約束通り遊びに来たぜ」

そう言った俺に、ターゲットのうちのひとり——水瀬懐姫が、独特の平坦な口調で。

「いらっしゃい、景行さん。だいぶここが気に入ってくれたみたいだね」

「そういう水瀬は、いつも昼はこの部室にいるのか？」

「そういうわけじゃないけど。ただ」

「うん？」

「——もしかしたら、景行さんが来るかもと思って」

嬉しそうでも嫌そうでもない、いつも通りの無表情にも慣れてきた俺は。

実はこれでも、彼女なりに歓迎してくれているのではないかと思い込み始めていた。

なんであれ親しくなりたいのだから、都合よく考えておくが吉だ。

「お昼まだだよな？　いっしょに食べようと思ったんだけど」

俺が言うと、水瀬はほんのわずかに小首を傾げる。

「私と？」

「まあ、砂金がいないなら」

「気が向いたら来るかもしれないけど、今は私だけだよ」

「じゃあ、ふたりで食べようぜ。購買のパンでよかったらお裾分けするよ」

果たして俺の言葉を、水瀬はどう捉えたのか。

表情から読み取るのは難しかったが、少なくとも拒否はされなかったようだ。

「どうぞ」

と告げる水瀬に誘われて、三度目になる第二文芸部室にお邪魔する。

これでどちらも第二文芸部員ではないのだから、どうなんだろうという気もするけど。

椅子のひとつを借りて腰を下ろし、テーブルの上に購買のビニール袋を置いた。

「こんなに食べるんだ？」

買い込んだパンの量を見て、少し驚いたように水瀬が言った。

――観察していると、徐々にわかってくる。水瀬は表情の変化がかなり少ないが、その中でも眉や目元は、何かあればわずかに動きがある。口元よりそちらを見たほうがいい。

「いや、さすがに多めに買ってきた」

「私がいなかったらどうしたの……？」

「まあ、賞味期限が切れるまでには消費できる量だよ。水瀬は昼は？」

見たところ何かを食べている様子はない。

もう食べ終わったとするなら、だいぶ早かったように思うが。

「まだ食べてない」

「昼は抜くつもりだったりするか？」

「ん……いや、これならあるけど」

言って水瀬が取り出したのはinゼリーだった。

まあ割とイメージ通りではあるか。

昨日の昼に来たときも、ランチパックを咥えていた砂金と違って、水瀬には食べている様子がなかったことなら気づいていた。同じ部屋にいて、片方が食事をしていたのにだ。

だいぶ燃費のいい奴らしい。かなり細身だから、まさかダイエットでもないだろう。

「食べないってわけじゃないなら好きなヤツ持ってってくれ」

「……じゃあ、ひとつ貰うね。……ありがとう」

水瀬がフルーツサンドを手に取ったのを見てから、俺はからあげパンを取る。

「ペットボトルも持ってっていいよ」

「なんでそこまで……？」

「いやまあ、手土産くらいは必要かなと思って」

「賄賂？」

「そう、袖の下。こちら、お納めいたしますので、何卒」

「……うむ。では、よきに計らいたまえ」

割とノリもいい水瀬であった。

ペットボトルの紅茶も贈賄しつつ、俺は緑茶を選択して。

「いただきます」

「いただきます」

と、揃って手を合わせてから食事を開始する。

しばらくの間は、パンを消費することのほうに時間を使った。買ってきたパンをまずはふたつほど消費しながら、両手ではむはむと仔リスみたいに食べる水瀬を眺める。

「……どうかしたの？」

と、まじまじと見すぎだったのか、水瀬に問われた。

三個目に手を伸ばしながら、俺は雑談がてら彼女に訊ねる。

「いや。水瀬は第二文芸部員じゃないんだよな」

「そうだけど」

「知った上で来といてなんだけど、いいのか？　ここ自由に使っちゃって」

「はむ」

答える代わりに、水瀬はフルーツサンドをひと口、頬張る。

こくこくと頷きながらそれを咀嚼し、飲み込んでから彼女は言った。

「そんなことイサは気にしないから」

「いや、まあ砂金は確かにそんな感じだけど……ほかの部員だっているだろ？」

「……あれ、昨日言ったけど。第二文芸部員はイサだけだよ」

「え……あれ？　そんなこと言われたか？」

覚えがない気がして俺は首を傾げたが、視線の先では水瀬も不思議そうにしている。

昨日は……ああ、そうか。俺は遅ればせながら水瀬が言っていた言葉を思い出す。

『第二文芸部員はイサだけだよ』

確かに水瀬は、そう口にしていた。

俺は話の流れから、てっきり（水瀬は違うから）砂金だけだ、という意味だと認識していたのだが、アレは（第二文芸部に所属する生徒が）砂金だけという意味だったのか。

「すまん、言葉の認識を間違ってたみたいだ。第二文芸部って砂金しかいないんだな」

「そう。部員ひとりだけの部活。今この部屋を使ってるのはイサと私だけ」

「そうだったのか……じゃあ上級生はみんな卒業したってことか」

それでも部活って成立するもんなんだな。

なんて納得しかけた俺に、けれど水瀬は首を横に振った。

「それは違う」

「え？」

「春までは第二文芸部にももっと人がいたよ。ただ今はいないってだけ」

「……、それはどういう……？」

「イサが入ったから」

淡々と。特に感慨もなく。

ニュース原稿を読み上げるような音程で水瀬は言う。

「だからほかの部員は全員辞めた」

「…………」

「第二文芸部に部員がひとりしかいないのは、それが理由。だから私もここを使ってる」

言葉が、咄嗟には出てこなかった。

何を言えばいいのだろう。まるで予想していなかった言葉を突きつけられている。

絶句してしまった俺の目の前で、水瀬はフルーツサンドの最後のひと口を食べていた。

やはりこくこくと首を動かしながら食べきり、れろ、と妖艶に指を舐める。

そして言った。

「景行さんが知らないのは仕方ないけれど、ひとつ訊いてもいい？」

「――――」いいよ。

という、当たり前の返答が咄嗟にはできなかった。

それを自覚したあとで、俺はなんとか頷くことで答えを返す。

水瀬はそんなこちらをまっすぐ見ながら、小さな口を動かして——言った。

「景行さんの理想のバストサイズってどのくらいだろう？」

「あれ？　ごめん、ちょっと何か聞き間違ったかもしれないから、もう一回頼める？」

「景行さんがいちばん興奮できるおっぱいの性癖を教えて」

「訊き方が変わってるだろうがよ」

「聞こえてたんじゃん」

「聞こえなかったことにしたかったんだよ……！」

なんだそれ。なんでそんなことを訊かれてるの俺？

もうちょっとなんか、シリアスな話が始まるのかと思ってたんだけど？

「え、ごめん……これなんの話？」

「大事な話」

「大惨事な話じゃなく？」

「三次元の話」

「そう……」

「もちろん景行さんが二次元にしか興奮しないタイプなら話は変わってくるけど」

「俺を勝手に特殊性癖みたいに言わないでほしい……」

「やっぱり大きいほうが好き？　小さいのに興奮するのは一般性癖だと思う？」

「この話続くの？　食事中なんですけど一応」

「ある意味、食事の話だから大丈夫」

「大丈夫じゃねえだろ、その認識は」

「どう？」

どう話を逸らそうとしても誤魔化されてはくれないらしい。

あくまで水瀬は、まっすぐにこちらを見据えている。

この顔で見られると、本当に真面目な話なのかもしれないと思えてくるのが不思議だ。

「どうって……別に普通だと思うけど」

「普通って？」

「いや、だから普通だって。特に偏った好みはない」

「大きいほうが好きということ？」

「いやその」

「イサは」

と、一瞬の間を空けて。

水瀬は言った。

「すごく大きい」

「…………」

「この学校の一年生では、少なくともいちばん」

……そうなんだ。

へえ、そうなんだ……ふぅん。いやその情報を求めた覚えは別にないんですけどね？

ただ確かに俺も昨日、砂金を背負ったときに「こいつ想像よりも……！」と思わなくもなかったことは認めざるを得ないところなのではありますが、――じゃなくて。

「気持ちよかった？」

「そんなことを真正面から訊かないでくれませんか……」

なんだか非常にいたたまれない気分だ。

まさか砂金だって、こんなところで友人に胸の大きさを暴露されているとは思うまい。

俺にはもう言葉もなかったが、水瀬は未だに（一見）真剣な様子を崩さない。

だとすればこれは、ともすればアレか。

「もしかして俺、砂金の胸に釣られてここに来てると思われてる？」

水瀬は表情を変えずに、首だけを横に傾げて。

「違うの？」

「違う。そんなものに俺は釣られない――とは言わないがそれ目的では来てない」

「じゃあ私？　小さいほうが好みだったり？」

小さいというほど水瀬が小さいとは思わないけど、いやそれはともかく。

「胸のサイズで他人を判断してない」

「童貞？」

「俺そこまで詰められなきゃいけないようなこと言ってますぅ!?」

確かに彼女なんてできたためしはありませんけれどね！

いっしょに昼を食べる友達すらいません！　なんか悲しくなってきちゃった！

「別に、そんな深い考えがあって来てるわけじゃない。俺はこの学校じゃ新入りだから、せっかく知り合った相手とは仲を深めたいと思ってるだけだ」

それとは別に、生徒会からの依頼の件もあるが。

それがなくても同じだ。知り合った相手の性別も外見も、俺は気にしていない。

「……そっか」

しばらくあってから水瀬は小さく呟いた。

俺の言葉を、果たしてどう受け取ったのかはわからなかったが。

「なら、まあ……いいかな」

「……よくわからないが、お眼鏡に適ったってことでいいのか？」

「ううん。別に私は、景行さんが思春期の性欲に溺れていても気にしない」

「だとしたら気にしてほしいけど」

「むしろ親近感がある」

「だとしたら俺が気にするけど！」

「ただ、それだとむしろイサのほうが――」

部室の扉が、勢いよく開かれたのはその瞬間だった。

「――お待たせミナっ！」

なんて声とともに現れたのは、この第二文芸部の唯一の部員――砂金奈津希だった。

俺と水瀬の視線が同時にそちらへ向き、逆に砂金の視線がこちらを捉えて。

「あれっ、カゲくん!?　来てたの!?」

苗字の前二音を取るネーミングセンスは砂金由来らしい。

ともあれ、俺は砂金に向き直って言った。

「お邪魔してるよ」

「なになにどういうことっ!?　まあいいか！　いらっしゃいカゲくん！」

今日の砂金は、昨日よりもテンションが高いようだった。

瞳を爛々と輝かせた明るい様子は、なんだか外見よりもあどけなさを感じさせる。

と、そこで水瀬が、現れた砂金に言葉を向けた。

「どうだった？」

「購買は全滅だった！　人混みはやっぱり駄目だねっ。お昼は抜き！」

「まあ、だとは思ってたけど」

「えー!?　だったらミナが買いに行けばよかったじゃん！　ねえ、やっぱボードゲームで決めるのやめようよー。あれ、わたしじゃミナに勝ち目ないんだけどー！」

「……罰ゲームは罰ゲームだから」

「むぅ……これで二日続けてお昼抜きになっちゃう」

昨日はランチパックを食べていたと思うが。

それはともかく、会話の流れはなんだか都合のいい方向に進んでいた。俺は言う。

「よかったらパン食べるか？」

「え？」

「多めに買ってきてあるから貰ってっていいぞ。飲み物も」

「え……なんで？　どういう意図？　あとから施しの代わりに言うこと聞けとか……」

「言わねえよ。俺のことなんだと思ってんだ。別にいらないならいいけど」

「いるいる！　貰います！　わたし、お腹減ってたんだよ！」

言うなり砂金は部屋に飛び込むと、嬉しそうにビニール袋を覗き始めた。上半身をほぼテーブルに乗せるような体勢になったせいで、机に乗った胸が強調されて目に悪い。

思わず視線を逸らすと、そんな砂金を、ただ無言で見つめる水瀬が視界に入った。

そういえば、さきほど彼女は何を言いかけたのだろう。うやむやになってしまったが。

「じゃあ、これとー。あとこれ！」

パンをふたつ選んだ砂金は、俺に笑顔で向き直った。

相変わらずテーブルに寄りかかるような目に悪すぎる姿勢で、

「ありがと、カゲくん！」

「どういたしまして」

「いくら払えばいい？　五万くらい？」

「別にいらな――高えよ！　どういう見積もり!?」

「嫌だな、別に円とは言ってないよ」

「ああ、そう……」

「米ドルのつもりで言ったよ」

「レートが円より上がってるだろ！」

「あはは｜。まあそんなには払えないけど！　でも、それなら何をしてほしいの？」

笑顔のまま、座る俺を上目遣いに見上げるように砂金は問う。

「いや、別にいいよ、タダで。勝手に買ってきただけだ」

「……そうなの？　本当に？　本当に何もしてほしくないの？　どうして？」

「ええ……？」

まっすぐ問うような砂金の視線が俺に突き刺さっていた。

それは本当に、俺の行動が心底から理解できないと言いたげな表情だ。

――そのほうが俺には理解ができない。

「まあ、言ったらこの部屋は使わせてもらってるから、一応その分のつもりだけど。でも友達と会うのにパン買ってきたくらいで、いちいち貸し借りにする気はないよ」

だから俺は言った。

その言葉に、

「あ」

と水瀬が呟いて。

「────！」

砂金は何も言葉を発さず、ただとても嬉しそうに顔を輝かせた。

そして言う。

「カゲくんって、わたしと友達のつもりだったんだ⁉」

「──────────」

ち……致命傷！　キッツ！　大ダメージ！

そ、そんなつもりなかったんだ？　そっか……それ結構ショックかもです、俺！

無垢すぎる感想が俺の心臓を抉っていた。思わず血を吐きそうだ。

何も言えずに俺は絶句してしまう。その目の前で、砂金はすっと立ち上がると。

「えへへ。わたし、男の子の友達ができるのって初めて！」

「え、」

「そっかそっか！　カゲくんは、わたしと友達になってくれるんだ……！」

言うなり砂金は一気にこちらへ距離を詰めてきた。

その無垢な表情と、無防備な身体が、ほとんど目と鼻の先まで詰め寄ってくる。

「い、砂金？」

身を引きながら俺は言う。

どうやら、友達になるのを断られたわけではないらしいが、——しかし。

この言い知れない不安感はいったいなんなのだろう。

なんだかついて行けてない俺の目の前で、ふと砂金は右手の小指だけを立てると、俺の前に差し出して笑顔で言った。

「はいっ。カゲくんも、指出して？」

「こ、こうか……？」

俺は言われるがままに右手の小指を前に出す。

砂金は俺の指を、自分の指で絡め取ると、そのまま目を細めて。

「じゃあ約束ね！　わたしたちは友達だよっ！」

「や、約束？　なんの？」

「ずっとなかよしでいる約束！　ふへへ、わたしずっと男子の友達が欲しかったんだあ」

「え？　あ、お、おう……」

「うん！　だから絶対に裏切っちゃダメだからね！」

「…………」

「もし裏切ったら許さないから！」

「……………………」

「ゆーびつーめたっ！」

指切りのテンションで、微妙にニュアンスが違うことを砂金は言う。

切れ。詰めるな。いや言葉の意味的には似たようなものだが。

「よっし、これで友達だね！」

「お、おう……」

にこにこ笑顔でご満悦状態の砂金は、続けて言う。

「これからはたくさん遊びに来てね！」

「それは、まあ……、うん」

「わあ、楽しみだなあ、何しよっか!? とりあえず、来月の一か月記念日は今から空けておくからね！　ふふふふ、何しようかなあ。ねえ、カゲくんは何したい？　あ、ていうかカゲくんってお誕生日はいつ!? 前もって準備しなきゃだし先に教えておいてほし――」

「――ゴメンちょっとストップ」

「わかったっ！」

なんだろう。なんだこれ。何かを――わからないが、とにかく何かを致命的に間違ったような妙な空気を、俺は強く感じ取っていた。何、この……何？　とりあえず怖い。

俺は半ば助けを求めるような感覚で、傍にいる水瀬のほうへ視線を向けた。

ちょうど水瀬も俺を見ていて、お互いの視線が宙でぶつかる。

その瞬間、水瀬は合掌するように両手を静かに合わせて。

「……景行さん。パン、ご馳走様でした」

「あ、……うん」

「それから、――ご愁傷様でした」

「それどういう意味で言ってる!?」

その問いに水瀬が答えることはなかった。

代わりに、まだ俺の指を捕らえたままの状態で砂金が言う。

「ねえカゲくん、今日はヒマ？　放課後はいっしょに遊びに行こうよ！　あっ、ていうかわたし、カゲくんの家に行ってみたいな！　えへへへ、お土産買っていかないとぉ」

「ちょちょちょちょ待って？　ねえ、距離の詰め方エグくない？」

「――、ダメなの？」

砂金は一瞬で真顔になった。

……えっ、こわっ……。

怖い。何これ。怖すぎる。あまりにも断りづらい。

俺は感じていた。自分の中に眠っていた本能が、逃げろと警鐘を鳴らしていることに。

だが俺の小指は今も絡め取られている。逃げたら詰められるので詰みですコレ。

おかしいよな。指切りも指詰めも言ってること実際同じなのに。印象値が違うもん。

にっちもさっちも行かなくなったところで、助け船はようやく現れた。

「景行さんって電車通学？」

と、静かに水瀬が言ったのだ。

「あ、ああ……そうだけど」

俺は頷く。その瞬間、砂金がショックを受けたように叫んだ。

「そうなんだ⁉　じゃあダメだね、電車は無理だあ……人混みに行ったら死んじゃう」

めそめそと悲しそうに砂金は肩を落として言った。

俺は水瀬に視線を向ける。

水瀬はやはり無表情だったが、無表情のままでぐっと親指を立てて見せた。

——天使か？

ありがとう水瀬。よくわからないが、きっと俺は今、命を救われたのだと思う。

「うぅ……じゃあじゃあせめて、連絡先だけでも交換しよ？」

めそめそ肩を落としながら、スマホを取り出して砂金は言った。

なんだかもうそれすら断りたくなってくるが、小さな両手でスマホを抱え、泣きそうな顔でこちらを上目遣いに見つめてくる砂金に「ダメ」と告げる勇気は俺には持てない。

「わ、わかった……いいよ」

「えへへ、やったっ。ありがとカゲくんっ！」

顔をキラキラと輝かせる砂金。めちゃくちゃ嬉しそうなことだけが救いだった。

俺は横にいる水瀬にも視線を向けて、半ば助けを求めるように。

「水瀬も教えてもらっていい？」

「いいよ」

「ありがとう……ッ！」

「なんだか景行さんとは長い付き合いになりそうだし」

かもしれない。俺ひとりでは、砂金に対処できる気がしない。

——かくして俺は、生徒会からの指令にあった三人のうち二名の連絡先を入手した。

それを成果や進捗と言い張るには、あまりにも流れが想定外だったが。

「やったあ！　ふへへ、見て見てカゲくん！」

トークアプリの《友達》欄に表示された俺の名前を、砂金はわざわざ見せてくる。

これを見て、どうしてだろう。まるで心臓を掴まれたみたいな気分になっている俺に、彼女はあくまで嬉しそうに。

「えへへぇ。これでいつでもお話しできるねっ」

「……男の友達、本当に俺しかいないのか？」

正直そんなタイプに見えない、というかむしろ正反対にすら見えるのだが。

そう思って訊ねた俺に、砂金は満面の笑みで頷いた。

「いないよ！　——友達は！　あっ、今は友達以外もいないけど！」

「どういうこと？」

「ほかに知ってた男の子の連絡先は全部消したから！　今！」

「————」

今ってどういう意味だっけ。

なうって意味だっけ。

「まあずっと消そうと思ってたんだけどね。あんまり使わないから忘れてて。もともとは二文の連絡用にって交換したんだけど、みんな辞めちゃったし」

二文、とはつまり第二文芸部の略なのだろう。

「辞めた連中は……友達じゃないってことなのか？」

「うーん、誰もわたしとは友達にはなりたくなかったみたいだから。悲しいけどね。男の子が相手だと、なんかすぐヘンな感じになっちゃうから、友達はカゲくんが初めてっ」

「…………ちなみに訊くけど、彼氏とかは？」

「うえっ!?　なんでそんな酷いこと訊くかなあ!?　でもいいよ、教えてあげるね」

言って砂金は、指をひとつずつ折り始めた。

「うーんと……三、四……五人？　くらいいたっけ、今まで」

「…………」

「でも今まで全部向こうからフラれちゃった！　わたしって人気ないから、あははー！　はぁ、なんかやっぱり落ち込んできた……。どうしていつもみんな、ほかに女を……」

さっきまでの笑顔が、一瞬で泣きそうな顔に変わる砂金。

情緒が不安定というかいっそもう躁鬱というか、とにかく乱高下が激しい。

ただ俺はこのとき、さきほどの水瀬の言葉を思い出していた。

——イサが入ったから。

——だからほかの部員は全員辞めた。

言われたときは、どういう意味かわからなかったあの言葉も、今なら察しはつく。
つまるところ——砂金奈津希という女は。

たぶん、やばい。

3

昼休みが終わるより早く、俺は第二文芸部室を逃げ出し——もとい抜け出してきた。

もう帰っちゃうの？　まだいてよ？　ていうか午後はサボらない？　いっしょにゲームしようよ！　——等々といった砂金の波状攻撃をいなし、なんとか平穏を取り戻す。

やべえ奴に目をつけられてしまった。

でも、こんなことになるなんて予想がつくはずもないので仕方がない。

どうあれ進捗はあったのだ。

連絡先を入手できたのは大きな進歩だった。はず。

そうか？　本当にそう？　何も進んでないとしか言えなくないかコレ？　かもね☆

「……まっずいなあ……」

現在、六限。

俺は授業を聞き流しながら砂金と水瀬について考えている。

結局は今のところ、ふたりがどんな一芸を持っているのか聞き出せてはいない。安易に触れていい話題かわからないから慎重にはなるべきだし、そう思えば親しくなることができただけ順調かもしれないが……なんというか、予想より親しくなりすぎた。

何それ？

という感じだが、でもいたんだよな、姉貴の友達にも砂金(いさご)みたいな奴(やつ)……。ものすごく美人でモテるんだけど、どこか残念なタイプの人。それと近しいものを感じていた。

「あの、想(そう)さん」

姉貴の友達の場合は男を見る目が終わっているタイプの人だったが、砂金の場合は少し違いそうか。どうも男友達というものに、思うところがあるらしい。

『想。あんたはこういう女に近づかないようにしなさいよ。絶対引っかかるから』

という姉貴の教えは、今回まったく活(い)きなかった。

いや、そんな簡単に見抜けねえよ。気づいたときには手遅れだったもん。

「想さーん？」

——ともあれ。

こうなったら並行して不知火(しらぬい)のほうにもコンタクトを取りたいところなのだが、昼休み終わりに確認したところ、どうやら今日は体調不良で早退しているらしかった。

となると再び砂金と水瀬(みなせ)に話を聞くほかないが、……なんかこう少し気が乗らない。

砂金が重い。あらゆる意味で。

――などと考えているうちに六限終わりのチャイムが鳴った。放課後だ。

無意識のまま帰り支度を進めつつ、俺は一度、スマホを確認した。

水瀬や砂金から、特に連絡は来ていない。

昔、中学生の頃に一度だけ、例の姉貴の友達にメンタルクリニックとして認識されたという経験があったのだが、あの頃は一日に多いと百回以上の連絡があったものだ。

あのときは最終的に姉貴がキレて終わりになったが、ともあれそれと比べるなら、特に連絡をしてこない辺り砂金も意外と普通なのかもしれない。少し希望が出てきた。

よし。

――今日は帰るか。

そう決意を固めたところで、ちょうど隣の席の樹宮が立ち上がった。

「あ、樹宮。ちょっと――」

「…………むぅ」

声をかけると、こちらを振り返った樹宮が実に不服そうに唇を尖らせる。

いつも笑顔の彼女にしては珍しい表情だ。何か気に障るようなことをしただろうか。

思わず不安になるも一瞬、樹宮はすぐにいつも通りの様子に戻って。

「なんですか、想さん？」

「いや、ちょっと話があったんだけど、樹宮こそ今……」

「大丈夫です」

「…………………」

「その話は、またいずれ詰めるとしますので」

「……うぃっす」

「大丈夫です」

「でも、」

だとしたらあんまり大丈夫じゃなさそうなのだが。

笑顔を見せる樹宮に、食い下がるような勇気は俺にはなかった。

仕方なく俺は、最初に言おうと思っていた思いつきをそのまま口にする。

「あー、樹宮？　今日って、これからなんか用事あるか？」

「え」

俺の問いに、ほんの一瞬だけ樹宮は狼狽えたような様子を見せて。

けれどすぐに持ち直すと、こくりと頷きながら答える。

「あ、そ……そうですね。今日は、バレーボール部にお呼ばれしていましたが……」

「そっか。まあそうだよな。すまん、じゃあなんでも――」

「――待ってください」

待ってください。

と、樹宮は言った。

「待って、ください」

しかも二回。

「お、おう。待つけど」

「想さん。それはいったいどういった意図の確認なのでしょうか？」

「え……いや、ほら。いろいろ世話になってる分の埋め合わせでもしようかと思ったんだけど、まあ前もっては言ってなかったし——」

「わかりました」

言うが早いか樹宮はスマホを取り出すと、超高速でそれを操作する。

そして瞬く間に再び仕舞い込むと、こちらに向き直って。

「今日は暇になりました」

「……樹宮。もしかして今、断りの連絡を、」

「今日は暇になりました」

「………………、オッケー。実は俺も暇なんだけどさ」

「はい」

「このあといっしょに、お茶でもどう？」

樹宮はわずかに微笑んで、小さくこくりと頷いた。

「喜んで、お付き合いさせていただきますねっ」

——ということで、俺たちは揃って校舎を出て行くこととなった。

恩返しのつもりが逆に気を遣わせたままである気もしたが、まあ樹宮は嬉しそうだ。

ならいいだろうと納得する。

「ふふ。まさか、こんないきなり想(そう)さんからお誘いいただけるとは思いませんでした」

並んで道を歩く中、口元に手を当てて樹宮(きみや)は言った。

心なしか足取りも跳ねて見えるが、これは俺の勘違いじゃないと思っていいのか。

「いや、これでも一応、機会は窺(うかが)ってたんだけど」

「そうですか？　いかにも思いつきという気配が垣間見(かいまみ)えましたけれど」

そこはばっちり見抜かれてんだな……。

別に機会を窺っていたこと自体は嘘(うそ)じゃないんだが。

「いろいろやることがあると思ってたから。俺だけじゃなくて、樹宮も」

「想さん、今は生徒会からのお仕事がありますからね。忙しいのは仕方がないです」

「それがそんなに急ぐ仕事ってわけでもなさそうだからさ。久々に息抜きをしようかと」

「それで私ですか」

「あー……この言い方だとアレだけど。基本的には、今日までの恩返しのつもりで」

「わかってますよ。とても楽しみにしています」

「そう言われるとハードル上がるな……」

「気にしなくても大丈夫です。そうですね、駅前の喫茶店でどうですか？」

駅前に喫茶店は二店舗あったが、どちらもありふれたチェーン店だ。

「そんなんでいいの？」

「高い店じゃないと納得しないような女に見られてます、私？」

「じゃ、そこにしよっか。もちろん払いは持つよ」

「はいっ。甘えちゃいますねっ」

そんな会話をしながら、ふたりで最寄りの駅まで向かった。

駅前に二軒ある喫茶店のうち、駅正面にあるアクセスのいいほうはひと気が多い。帰宅途中に遊ぶ生徒は、基本的に電車に乗って大きめの駅まで出るが、それも全員ではない。

俺たちは駅の内部を抜けて、反対口側にあるもう一軒の喫茶店へと向かった。

こちらは、少なくとも征心館（せいしんかん）の生徒の数は少なめだ。

樹宮といるとどうしても人目を惹（ひ）くから、こちらのほうがベターではあるだろう。

店に入って、並んで注文を済ませてから向かい合って席に座る。

「いただきますね」

と樹宮がカフェラテを持つのを見てから、俺も慣れ親しんだブレンドに口をつけた。

チェーン店でも、俺の舌なら余裕で満足してしまうのだが。

果たして樹宮レベルでも満足行くものなのだろうか。想像はつかなかった。

と、そこで樹宮は言う。

「美味（おい）しいですね」

「…………」

一瞬、心を読まれたのかと思ったが、単に感想を言っただけだろう。

笑みを作って頷く。

「それならよかったよ」

「想さんといっしょだからかもしれませんね」

「なるほど。道理で俺も、いつもより美味く感じるわけだ」

「お上手ですね？　ですが、そう言われて悪い気はしませんよ。ありがとうございます」

お上手なのは樹宮のほうでしかなかったが、まあひとまず及第点か。

樹宮が相手だと、なんというか自然と言葉を選んでしまう節が俺にはある。意外なのはそれが悪い気分じゃないことだろう。楽しんでほしいなと、他意なく思えている。

気を遣っているわけではなく。

気遣ってあげたいと、自然に感じている。それが樹宮の持つ、ある種の人徳なのだろう。

目を細めて、正面にいる樹宮を眺めながら、そんなことを俺は考えた。

「樹宮は……すげえよな」

「想さん？」

ほとんど無意識で零れた言葉に、樹宮が首を傾げる。

「ん……ああ、ごめん。ちょっと感想が、無意識に零れただけ」

「そ、そうですか……そこまでまっすぐ言われてしまうと、少し気恥ずかしいですが」

少しだけ困ったように、樹宮は薄くはにかむ。

照れた様子で前髪を弄る仕草が、なんだかとても愛らしかった。

「樹宮が照れるのは意外だな。普段から褒められ慣れてそうなもんなのに」

「むぅ。想さんこそ、意外と意地悪なことを言います。あまりからかわないでください」

「別にからかってるつもりはないよ。ちゃんと本心」

「そうですか？　いきなり想さんに評価されることをした覚えはありませんけれど」

「まあ、いろいろ。樹宮は、ちゃんと頭を使ってる人間だからさ」

「使っている、ですか」

「そう。別にいい悪いの話じゃなくて、頭なんて使うか使わないかだと思うんだよな」

と、亡くなった父からの数少ない受け売りを、俺は語った。

頭のいい悪いなんて、大きな目で見れば、誰だってそんなに大差がない。どれほど頭がいい人間だろうと、他者の思考を完全に読み取ったり、未来を確実に当てるような真似ができるようになったりしないのだから。

なら違いがあるとすれば、それはどれだけ思考を止めずに、考え続けることができるかどうかの差だ、——そう俺は教わっていた。

「樹宮は、何をするにも何を話すにも、いつだってそれがどういう結果を生むのか考えてやってるよな？　どんなことでも適当にはしないっていうか」

「そう言われると、なんだか腹黒だと指摘されているような気分になりますけれど」

「いや、そんなつもりじゃなくてさ。本当に、そういうところは尊敬できると思ってる」

そうやって告げた俺に、樹宮はしばらくきょとんとした表情を見せたが。

けれどすぐにふっと視線を逸らすと、小さな声で呟いた。

「……またすぐそういうこと言うんですから……悪い男ですね、想さんは」

「えっ、そうかな？　そう見える？」

「どうして嬉しそうな反応なんです……？」

いい奴と言われたことは数あれど、悪い男と呼ばれたことはなかったものだから。

昔と変わっているのなら、どうあれ俺としては歓迎すべき進歩ではあった。

「……まあ、想さんが楽しそうならそれでいいですが」

こくりと小さく頷きながら、ふと樹宮は言った。

「樹宮？」

と首を傾げる俺に、彼女は目を細めて。

「それです。それ」

「え？」

「こうしてふたりきりでお出かけまでする仲だというのに。未だに想さんは、私のことを苗字でしか呼んでくれませんから。正直、私としては少し悲しいです」

「う、……それは……ごめん」

考えてみれば、少し申し訳ない話かもしれない。

頭を下げて謝る俺に、樹宮は小さく首を振って答えた。

「いえ。まあ確かに、学年だけで四人もいますからね、同じ名前が」

「……そうだね」

名前で呼べない理由はそこではないのだが、それは言えないので訂正しない。

──でも。

と、それでも樹宮は、俺の目をまっすぐに見て言った。

「できれば想さんには──私のことは、名前で呼んでほしいと思っています」

言って樹宮はカップを持つと、目を閉じるようにして口をつける。

その言葉に、──けれど俺は肯定を返すことができない。

──ごめんね、そーくん。

──そーくんじゃ、ダメなんだって。

かつて《ナツキ》から告げられた言葉が、リフレインするように脳内で響いた。

結局、俺はあのときの想いに今も囚われているのだろうか。

「…………」

しばらく、お互いに無言になる。

すると何を思ったのか、ふと樹宮はカップを持ったままこちらに視線を向けて。

「見てください、想さん」

「うん？」

それからカフェラテに口をつけると、彼女はゆっくりカップを降ろして。

「ひげ」

「―――っ‼」

予想外の不意打ちに、思わず噴き出しそうになった。

泡ひげを口元につけた樹宮は、してやったりの表情で楽しそうに微笑んで。

「お、やりましたね。予想以上にウケました」

「いやだって、まさかそんな、急に小ボケを入れてくるとか……くくっ」

「私だって、これくらいはできますとも」

泡ひげをつけたまま、むふんと自慢げに樹宮は言う。

かわいっ……くそ、かわいい……。多少のあざとさすら魅力でしかない。

「まったく、樹宮グループの御令嬢ともあろうお方がはしたない」

「むぅ。その言い方はどうかと思いますよ。確かに上品ではありませんけど」

「ごめんごめん」

「では謝罪の証として、このことは内緒にしてもらいましょう。みんなには秘密ですよ？」

指を立てて、唇の前に立てるジェスチャー。

そう言われては仕方がない。このことは秘密にせざるを得ないようだ。

「弁当の件といい、俺と樹宮の間には秘密が多いな」

「……かも、しれませんね」

言って、彼女はカップをテーブルに置いた。

それからこちらに向き直って。

「どうですか？　その後、お仕事のほうは」

「ん、まあそうだね。一旦とりあえず順調と言って、……おきたい気分ではあるかな」

「それはまた微妙な言い回しですね。無理もないかもしれませんが」

　小さく苦笑しながら言う樹宮。

「そうか？」

「ええ。なにせまあ、皆さん難しい方たちですから」

「ああ……それは確かにそうかもしれない」

　砂金にしろ水瀬にしろ、それに不知火にしろ。

　そもそもとして面倒臭いタイプの連中であることは確信していた。

「ですが、少しだけ妬けちゃいますね」

　ふと樹宮は言う。

「え？」

　と訊ねた俺に彼女は続けて。

「だって、最初に想さんと親しくなったのは私なんですから。三人ともかわいいですし？　たまにはこうして、わたしのことも構っていただかなければ拗ねるところでした」

「……そりゃ危ないところだったね」

「ですです。もしや想さん、意外とああいう子たちがタイプだったりするのです？」

「そんなふうに考える余裕はないかな……親しくなるだけで精いっぱいだった」

「──なれたのですか？」

きょとんと首を傾げた樹宮に、俺は頷く。

「不知火以外とは、まあ一応。砂金に初めての男友達だって喜ばれたわ。水瀬のほうは、何考えてるんだかよくわかんないけど」

「えっ」

樹宮は目を丸くしていた。

どうやら、これは驚かれるに値する発言だったらしい。

「……親しくなってしまったのですか」

「なってしまった……？」

「あ、いえすみません。失言でした。──でも、本当に砂金さんたちと？」

「俺って今、そんなに驚かれるレベルの発言してた？」

「そこまでは言いませんが……おふたりとも、交友の幅が広い方ではありませんから」

「ふぅん……そうなのか」

そんなふうにも見えなかったと思うが、まあ確かに変わってはいたか。

個人的には、話していて面白いし割と好感度は高い。ちょっと怖いだけで。

「あとひとりをどうするかなんだよなー……」

「不知火さんですか」

「うん。初対面の印象が悪かったからちょっと嫌われ気味で、いったいどう──……」

言葉が、途中で途切れた。

視界の奥に、今ちょうど話題に上げた人間がいたからだ。

「んお……？」

この喫茶店は三階建てで、俺たちがいるのが二階だ。

不知火は、上の階から階段を下りてきていた。

どこか周囲の様子を探るような不知火。向こうの視界もこちらを捉える。

「……！　……っ、――――！」

何か訴えたいことがありそうな様子であたふたする不知火。

それを見つめていると、やがて彼女は諦めたようにこちらへと歩み寄ってきた。

「なんで景行がこんなところにいるわけ？　しかも、樹宮と」

不知火は言う。

征心館の生徒がいてもまったくおかしくない場所だと思うのだが、それはさておき。

「――こんにちは、不知火さん」

低く、普段とは少し様子の異なる声で樹宮は言った。かなり意外な反応だ。

お互い何かしら、思うところがありそうなのは察していたが。

それでも、実際に顔を合わせてまで、露骨に態度に出すのは樹宮らしくなかった。

「樹宮……何、デートってワケ？」

一方の不知火も、どこか挑発するように告げる。

仲がいい、とはとても言えなさそうだ。俺の肩身が狭くなってくる。

「ええ、そうですよ」

「そ――そうなんだ!?　ホントにそうなんだ……!?」

動じない樹宮に対して、不知火は顔を赤くしていた。

普通なら逆じゃないかと思うのだが。どうやら相性的には樹宮のほうが上回るらしい。

「ですので、馬に蹴られたくなければ気を遣っていただきたいところですが」

「う、うるさいなっ。別にわたしだって、樹宮になんか興味ないし！」

「言葉遣いがはしたないですよ。ここは学外です。せめて征心館の生徒として、最低限は恥じない態度を心がけてほしいものです」

「こ、こんなところで不純な交友してる奴に言われたくない……！」

「想像力が豊かですね。さすが、元天才子役ですか」

「――煽ってんの？」

瞬間、不知火の纏う態度が一瞬で冷えた。

口調も態度も、そんなに大きく変化があったわけじゃない。だが明確に雰囲気が違う。

これには俺も驚かされた。不知火の感情表現は、なんだか次元が違うようだ。

「は。まあ別にいいけど」

だがそれも一瞬。不知火はすぐにいつもの様子に戻って、

「確かにあんた、外面だけはいいもんね。何も知らない新入りひとりくらいなら、手玉に

取るのもワケないって話だ」

「――――――」

今度は、樹宮のほうが纏う空気が一瞬にして重くなる。

こちらは明らかだ。樹宮をはっきりと怒らせたことが誰にでもわかる重い空気――。

「何が仰りたいんですか、不知火さん」

「べっつに？　あんたに仰りたいことなんてひとつもないけど？　ああ、だけど景行には教えておいてあげたほうが親切なのかもね。樹宮の本性ってヤツを」

「……昔のことで逆恨みをしているのであればお門違いです。想さんには関係ない」

「勝手なことを勝手にぬかさないでくれる？　それを決めるのって樹宮じゃないでしょ」

「いい加減にしてください」

「こっちの台詞なんだけど」

いや俺の台詞なんですけども。

とか、言える性格だったらもうちょっと楽だっただろう。怖すぎて何も言えない。

上に姉がいる影響で、こういう空気には敏感なのだ。怒っている女性に逆らおうという気力は、物心つく前に叩き折られている。

いや――でなくともふたりの迫力はちょっとしたものだった。

空気が死んでいる。決して大声ではないのに、周囲の客さえ息を潜めていた。

ああ、何かを言わなければ。

こういう空気は本当に苦手なんだ。とにかく頭を回して、なんとか言葉を編み上げる。

「えっと……不知火？」

「――何？」

ぎろり、と鋭い視線が俺に注がれた。

昨日の様子と違いすぎる。俺に怒っているときには見えていた、素の人の好さみたいなものが完全に消え去っていた。あのときと同一人物には思えないほどの強い威圧感だ。

それでも俺は、とにかく必死に空気をかき混ぜる。

「あのー……そう、そうだ。不知火って確か早退したはずじゃなかったっけ？」

「あ」

すっと、不知火の纏っていた威圧感が霧散した。

よ、よし。何が効いたのかわからんが、どうやら話題選びは成功したらしい。

「な――なんでそんなことを、景行が知ってるんだよぉ……!?」

口調が戻っている。それを好機と見て俺は続けた。

「いや、今日ちょっと不知火を探してて。教室に行ったらそう聞いたんだ」

「わ、わたしを!?　なんでえ!?」

「話があったからだけど。……不知火、こんなとこで何してんだ？」

「う、えと……」

答える言葉が見つからないのか、不知火はきょろきょろと目線を彷徨わせる。

それで、おそらく気勢を削がれたのだろう。溜息交じりに樹宮は言う。

「――またサボりですか」

「な……樹宮っ！」

「突っ張るのは勝手ですが、貴女には向いていないと思いますよ」

「う、うるさいな……！　だから樹宮には関係――」

「あまり押見先輩を悲しませるような真似はしないことですね。確かに私には関係のないことですが、押見先輩にも同じことを言えるんですか？」

「……っ」

「すみませんでした、想さん。空気を悪くしてしまいましたね」

そこまで言うと樹宮は鞄を持って立ち上がった。

いつの間にか、彼女のカップは中身がなくなっている。

「ご馳走様でした」

「え？　あ、ああ……それはいいけど」

「今日のところは帰りますね。これに懲りず、また誘っていただければ嬉しいです」

「……お、おう……」

としか言えない俺だった。

引き留めるのも、それはそれで悪いことかもしれない。

階下に去っていく樹宮の姿を、俺と不知火で見送ることになるという不思議な時間。

不知火も不知火で呆然とした様子だったが、やがて我に返ると。

「あ、……わたしも行くからっ」

とだけ言って、そのまま店を出て行ってしまった。

およそ三十秒ほど、俺は取り残されたまま呆然と押し黙っていた。

ブレンドのカップを手に取ってみる。まだだいぶ熱があった。これをあの短時間で飲み干すとは、樹宮もなかなか大した気合いだが――まさか置いていかれてしまうとは。

「……いやボケッとしてる場合じゃないな」

首を振る。予想だにしない出来事だったが、これを機会と捉えなければ。

俺も一気にブレンドを飲み下し、片づけをして店を飛び出す。

「確か不知火は、学校方面に向かったはずだよな……？」

二階の窓から見えた記憶を頼りに、俺は学校へと戻る方向に足を進めた。

しばらく走ったが、学校までのまっすぐな道のりの先に不知火は見えない。まだそんな遠くへは行っていないはずだから、これはおそらく道をずれたか。

そう判断して、通学路をひとつ外れて脇道に入った。

――そして見つける。

道の端。人目を避けるような場所で、頭を抱えて蹲っているひとりの少女の姿を。

「ああああ、やっちゃったやっちゃった、またやっちゃったあ……っ！」

言うまでもなく不知火夏生だ。

こいつの素は、たぶんこっちの顔なのだろう。

「どぉしてわたしはこう、売り言葉に買い言葉で……でも樹宮さんだって酷かったもん。わたしだって言いたいことくらいあるもん……むー、そもそもデートなんて嘘じゃん！」

「………………」

「だいたい怖すぎるんだよ、樹宮さんは……うぅ、なんだよあの目ぇ。わたしよりずっと演技が上手なんじゃないのぉ……？　わたしが見たどの役者より迫力あるってぇ」

「………………」

「ううう、絶対ヘンな女だと思われたよぉ……景行くんは、わたしのこと知らないみたいだったのに、あんなの見られたら印象さいあくだよ、どうしてくれるんだよぉ……！」

「いや、俺はあんま気にしてないけど」

「わっひゃあ――――っ!?」

不知火は奇声をあげて飛び上がった。

たぶんさきほどのより、今の様子がいちばん他人に見られたくなさそうだ。

「な、なな、なんっ――なんで景行くんがここにいるのぉ!?」

「あー……通りすがり？」

「すがるなよぉっ！」

「縋るなよ……」

「縋るよぉ！」

「コイツ本当にさっきの奴と同一人物か？」

元子役の演技力、と言っていいのかどうかわからないが。

樹宮にも劣らない迫力があったあの不知火と、目の前の弱々しい姿に差がありすぎる。

「――うっ」

と不知火は呻いた。自分が素を見せてしまっていることに気づいたらしい。

すっと、そこで彼女は立ち上がった。背筋をまっすぐに、軽く髪を掻き上げながら。

「は？　何勝手に追いかけて来てんの？　ストーカーなの？　やめてくれる？」

おお、と感心したくなる切り替えの早さだ。

立ち方も表情もまるで違う。正直、本気で別人に思えるほどの差があった。

が、

「いやもう手遅れだろ」

「……だよね……わたしもそうじゃないかとは思ってました……」

「お前、今までの態度はキャラ作りか？」

「フ……」薄く笑って、それから不知火は。「そうですわたしは本当は根暗で陰キャです
突っ張ってましたもうごめんなさいわたし如きが調子に乗って……」

「いやそこまでは言ってないけども！」

「いっそ罵ってよ……いや、やっぱやめて。今は心に響いちゃう。泣くかも」

「あの……まあ、なんだ。そんな気にすんなよ」

「景行くん……！」

「正直、そうじゃないかと思ってたから」

「景行ぃ!!」

ぽかぽかと肩を殴ってくる不知火さんであった。

お気に召さない返答だったらしい。名前の呼び方が呼び捨てに変わった。

「わ、わたしの演技は完璧だったはずなんですけどぉ!?」

「まあ確かに演技は上手かったけど」

「でしょう!?」

「演技以外が終わってるから」

「それトドメだよぉ！　うわはぁんっ!!」

激弱と言っていい素の性格を、演技力だけでカバーしていたということか。そんな面白事実がまろび出てくるとは、さすがと言うべきかなんと言うべきか。

「……いやでも、実際すげえ演技力だったな。ずっと意図して振る舞ってたわけだろ？」

「そ、そうだけど……」

「さっき怒ったときの威圧感はちょっとしたもんだったな」

正直、俺はかなり感心させられていた。

単純な言動ではなく、それはたとえるなら、纏っている雰囲気自体を変えて、目の前の相手に自分の意図を伝えるような。経験に裏打ちされた、場に干渉するひとつの技術。

……なるほど、俺も少しは《演技》というものを学ぶべきかもしれない。

「しかし、それはそれとして不知火。お前、どうしてそんな演技してるんだ？　普段から意識的に突っ張ってるわけだろ？　なんでわざわざそんなこと」

「い、いいでしょ別に。そんなのわたしの勝手だし」

「まあ、そう言われればそうなんだが」

ある意味では、自分の演技力を最大限に活用しているとも言えるわけだ。

さすがに、それを生徒会に成果として報告はできないけれど。

「誰にも知られたくなかったのにぃ……」

不知火は目をぐるぐるさせながら唸っている。

そんな彼女に俺は訊ねた。

「つか、あれか？　もしかして入学式の日に、初めて会ったときの――」

「……うん。あれは単に、樹宮さんの真似をしてただけだよ。演技は得意だから」

「そういうことか……」

元ネタより先にモノマネに会ったみたいな話なわけだ。

ただ思い返してみれば、あのときの不知火の態度は――確かに樹宮そっくりだ。

「案内役だったし。正直そんなやる気なかったけど、頼まれちゃったし。ああいうふうにやれば緊張しないで済むかな、って思っただけ」

「その割には態度悪かったけどな……」

「それは！　だって、……この人は、わたしのことを知らないと思ってたから」

「うん……？」

よくわからない不知火(しらぬい)の言葉に首を傾(かし)げる。

彼女は一瞬だけ俺を見たが、やがて息をつくとこう続けた。

「わたしだって、初対面の人にわざわざ喧嘩(けんか)売ったりは、ホントはしたくなかったけど。でも急に、わたしのこと知ってるみたいなこと言い出すから、ああ、この人もか――って思っちゃっただけ。別にそれだけだから！」

「それは……」

「わたしは相手を知らないのに、向こうはわたしを知ってるなんて――そんなの、あんまり楽しいことじゃないじゃん。わからないかもしれないけど」

「…………」

小さく、俺はかぶりを振った。

わかるような気はするが、そんな安易な返事はできない。だから話題を変える。

「なあ。不知火って、昔は役者やってたんだよな？」

「――むぐ。まあ、一応そうだけど……じゃあ、やっぱり知らなかったの？」

「名前を聞いたことはさすがに。でも正直に言えばお前がそうだとは気づいてなかった」

「なら樹宮(きみや)さんがばらしたんだな……知られたくなかったのに、あいつぅ……！」

恨みがましく不知火は言うが、言葉は非常に弱々しい。

根本的に、誰かを敵に回すようなことが苦手なのだろう。正直かなり共感があった。

「……役者は辞めたのか？」

「そうじゃないよ。ちょっと休んでるだけというか、……まあ辞めてもいいんだけど」

割合、あっさりした態度で不知火は答えた。

そんなに未練はなさそうな態度だ。

「もったいない。俺でも聞いたことあるくらいだったのに」

「そういうこと言う？　最初に会ったとき、結局気づいてなかったんでしょ」

「いや、そう言われたらそうだけど」

まさか《ナツキ》という名前がトラウマだから目を逸らしていた、とは言えない俺だ。

「子役なんて寿命短いし、そんなものだよ。別にテレビの仕事なんか今はないし、たまに演技はするけど、そういうのに時間使ってると学生生活楽しめないじゃん」

「あー……」

言わんとすることはわかった気がした。なるほど、つまり。

「役者やるより普通に遊びたい、みたいな話か」

「な、なんだよぉ。どうせいっしょに遊ぶ相手もいないくせに何が青春だ笑わせるぜって言いたいのかよぅ……！」

「言ってない言ってない言ってない」

「仕方ないじゃん……小さい頃は仕事ばっかだったし、わたしだって少しくらい……もう仕事の話しないでほしいんですけどっ！　わたしだって青春したいんだよっ！」

「わかった、わかった。悪かったたって」

「慰めるならもっと気合い入れて慰めてほしいです！」

「こいつ面倒臭えな!!」

だが気持ちはわかるような気はする。

詳しくはないが、あれだけ大人気だった子役なら遊ぶ暇もなかっただろう。その反動が今やって来ているとすれば、普通の学校生活に憧れも生まれる。

ただ、

「その割にはお前……授業サボってひとりで喫茶店か？」

「べ、別にサボったわけじゃ……いやサボったけど。それには事情があったのっ！」

「事情って？」

「だから、それは——そうだった忘れてたあっ!!」

いきなり大声をあげた不知火に、俺は思わず面食らった。

彼女は焦ったように、あわあわと手を動かし、それから縋るように俺のほうを見て。

「ど、どうしよう？」

「いや何が!?」

「えと、あの……わたしこれから学校に戻って押見先輩に会わないとっ」

「……だったら戻ればよろしいのでは」

「か、景行がいきなり話しかけてきたんでしょお!?」

「その前からここで蹲ってたじゃねえか！」

「あんなことあったんだからメンタルをリセットする時間は必要なんですぅ！　そもそもあの店に景行がいたこと自体が悪いんですぅー！」

「俺のせいだってのか!?」

「ひぅ……。な、なんだよぉ、そんなに怒鳴らなくてもいいじゃんかよぉ……」

「情緒！」

不知火は想像の五千倍くらい面倒臭い性格をしていた。

困ったように手を動かして、かと思えば泣きそうな顔で蹲りながら俺を見上げて。

「どど、どうしよう、約束の時間に間に合わなくなるぅ……」

「あああもう、何時だ待ち合わせは!?」

「十六時半……だけど」

「だとしたらまだ間に合う！　ほら、急いで戻るぞ！　手ぇ貸せ！」

言って俺は、不知火に向けて右手を差し出した。

対する不知火は、まるで不思議なものを見るような目をこちらに向ける。

「あ……」

「あ、じゃない。時間ないんだろ？　送ってってやるから、ほら、急いで立つ！」

「あ――えとそのっ。でも、……うぇとぉ？」

混乱したように、不知火は口をあわあわさせる。

だがすぐに時間がないのを思い出して、彼女はおずおずと俺の手を握った。

「そ、それじゃ、その……、よろしく」

「よし、行くぞ不知火」

不知火の手を取り、俺は彼女を先導するように学校の方向へ走り出した。

——何か記憶に引っかかるものを感じたのはその瞬間だ。

「あ……？」

動き出した足が思わず止まる。

今、何か、妙な既視感が脳裏をよぎったような——そんな気がした。

ずっと昔にも、こういうことがあったような。

後ろをついて来る誰かの手を、引っ張るように走ったことがあったような——。

「か、景行……？」

急に立ち止まった俺に、不知火が不安そうに声をかけた。

かぶりを振る。下の双子たちの面倒を見ていたときのことを、ふと思い出してしまっただけだろう。それよりも今は、不知火が遅刻しないように走ることのほうが先決だ。

「……いや冷静に考えたら俺まで走る意味ないなと」

無意識に握っていた手を放して、俺は彼女に告げる。

「ここまできて急に裏切るのっ!?」

「冗談だよ。安心しろ、もし遅れたら、俺のせいだってことにして謝ってやっから」

「う、うん！　わかった！　そのときは景行のせいにする！」

「オッケー調子いいな！　いい性格してるよ！」

現在時刻は十六時十五分。

約束の時間まではあと十五分――ギリギリだが、急げば間に合わない時間じゃない。

「ああなんか遅刻するかもしれないと思ったらお腹痛くなってきた……」

「メンタル弱すぎるだろお前！」

砂金が貧弱なら、こっちは薄弱と言ったところか。いやまあ俺も似たようなもんだが。

奇しくもさきほど言われた通り、俺は不知火のことを、気合いを入れて慰めながら来た道を後戻りするように走る。

「がんばれ不知火！　お前なら間に合う！」

「もっと……もうちょっと優しく応援して……！」

「うるせえ黙って走れ!!」

「うわーん、景行が冷たいよおっ！」

――傍から見たら。

きっと、俺たちは揃ってバカ丸出しだっただろう。

4

そうして学校まで辿り着いた。

「はあ……いや結構疲れたな……！」

「そ、そうだね……っ。駅からノンストップで走ると、意外と距離あるよね……ふぅ」

俺も不知火もそれなりに息は上がっていたが、まあ遅刻するよりはマシだろう。

集合は五分前が基本である。いや別に俺が行く必要はまったくないのだが、こうなった以上は乗りかかった船だ。引き留めた責任もあることだし、最後まで送り届けておこう。

「……ったく。一時間前には想像もしてなかった事態になったもんだ……」

「た、確かにそうだね……あははは」

「いや、笑いごとじゃないけどな。……ははっ」

言いながらも、自然と笑みが零れてくる。

不知火と顔を合わせた瞬間、何をやってるんだろうなと素に戻ってしまったせいだ。

「景行ってさ」

笑いが収まってきた頃、不知火はふと言った。

その視線は、なぜか不知火自身の右の掌に注がれている。

「……どした？」

「あ。や、その……なんでもないよ。ちょっと懐かしい気がしただけで」

不知火は右の拳を、左の手できゅっと握り込むようにしながら。

視線だけをこちらに戻して、俺の顔をまっすぐ見つめながら笑みで言った。

「景行、もしかして意外と優しい？」

「よく言われる」

「あはは。否定しないんだ？」

「肯定もしてないけどな。別に誰も彼もに優しくはしてない。本来なら代金を取るとこだ」

「お金取んの!?」

「仕事だったらそうだけどな……ま、今回は仕事じゃないから別に」

「………」

「友達が困ってるのを助けるくらいなら無償でいい。じゃないと悪徳すぎるからな」

「……そっか」

おかしそうに肩を揺らして。

それから、不知火は俺にこう言った。

「景行って面倒臭い性格してるね」

「お前に言われたくねえ……！」

「あははは！」

「はあ……で？　待ち合わせ場所はどこなんだ？」

現在、俺たちがいるのは校門を通り抜けた辺り。

待ち合わせまでは残り五分ちょっと。本校舎なら間に合うところだが、

「だ、だいじょぶ。待ち合わせ、校門のはずだから……！」

「そうか。なら問題ないな」

「うん。――あ、ちょうど先輩も来たみたい」

不知火の視線の先を追えば、確かに向こうのほうから歩いてくる押見先輩が見える。

「あれー？　なんだか珍しい組み合わせじゃない？　どしたの、執事くん」

驚きながらも、なんだか愉快そうに目を細める押見先輩に、俺は頭を下げて。

「どうも。――まあ、なんというかなりゆきで」

「あははっ！　いったいどんななりゆきならそうなるのさ！」

「執事くん……？」

隣に立っている不知火が、妙な俺の呼び方に首を傾げた。

別に説明する必要もないだろう。そんなふうに呼ぶのは今のところ押見先輩だけだ。

そして間に合った以上は俺も留まる必要がない。視線を不知火に戻して、

「間に合ったんだから問題ないよな？」

「あ、それは、うん。……送ってくれてありがと」

こくりと小さく不知火は頷く。俺は軽く肩を竦めて、

「いや、いっしょに走っただけだけどな」

「でも応援はしてくれたし。それがなかったら走れなかったかも」

　軽く微笑(ほほえ)みながら言う不知火は、これまでの様子とは打って変わって自然な表情だ。

　こんなに素直な性格なら最初からこの顔で来てほしかったところだ。いや、ある意味で強いギャップを感じさせられて面白い気分にはなるが。

「へえ……不知火ちゃん、執事くんには素を見せてるんだね」

　ふと、目を丸くしながら押見先輩は言った。俺は答える。

「それもなりゆきです」

「それこそなりゆきでは見せないと思うけど……ねえ不知火ちゃん？」

　不知火は顔を赤くしながら答えた。

「た、単に覗(のぞ)き見られただけですからっ」

「ええ、覗き見られた？」

「いや違います」「はいそうです！」

　俺と不知火の、正反対の答えが被(かぶ)る。

　むっとした様子で不知火はこちらを睨(にら)んで、

「違わないじゃん。そういえば昨日も部屋にいるとこ覗いてきたし！」

「人聞きが悪すぎる言い方をするなよ」

「でも事実だもんっ。わたし、本当はもっとクールなキャラで通すつもりだったの！」

「それお前には無理だよ」

「どぉしてそーゆーことゆーかなぁ、景行(かげゆき)は!?　意地が悪いよっ!!」

「――なっはははははは！」

俺と不知火のやり取りを見て、押見先輩は豪快に笑った。

「先輩っ！　笑いごとじゃないんですけどぉ！」

「いやいや、こんなの笑っちゃうって。仲がいいのはいいことだけどね、うん」

「な、なかよしって、そんな……ま、まだ早いですっ！」

いつならいいんだろう。顔を真っ赤にする不知火を、押見先輩は笑って見つめていた。

どうやらかなり親しい関係らしい。そんなようなことは、確か樹宮も零していた。

「そうだ！」

ふと、そこで押見先輩が勢いよく手をぽんと叩いて言った。

首を傾げる俺と目を丸くする不知火の目の前で、先輩は笑みを深めながら。

「どうせなら執事くんもいっしょにどう？」

「いっしょに、とは？」

「せっかくだからキミにもお話を聞いててもらおうかなって」

「……？」

不思議な提案ではあった。少なくとも、ただ遊びに行く予定があって誘われている、という言い振りではなさそうだ。何かしら明確に、話すべきことがあるらしい。

ただ、それなら俺が呼ばれる意味がわからないところだ。

疑問に思う俺の目の前、押見先輩は不知火のほうに向き直って。

「不知火ちゃんもそれでいいでしょ？」

「え？　はあ……まあ、わたしは構わないですけど。何かわたしに話があったんじゃ？」

「もともと執事くんにも聞いてもらいたかった話だから大丈夫。時間は平気？」

視線が再びこちらに向く。

時間が平気じゃなかったら不知火とじゃれているはずもないので、俺は頷きを返す。

「俺も特に予定はないですけど。なんのお話ですか？」

「ちょっとした頼みごと――っていうか相談？　みたいな感じ」

「相談……」

「まあちょっと聞いてってよ。場所は……どうしよっかな。駅前の喫茶店とか行こうかなって思ってたんだけど、それでいい？」

「――――――」

一瞬、俺と不知火の視線が合う。

そして意見も一致した。

「別に学内で大丈夫じゃないですか？」

「そう？　どうせなら何か奢らせてもらおうかと思うんだけど……」

「それは悪いですから」

とか言ってみたが、もちろん本音は、また戻るのがアホらしかっただけだ。

横では不知火も同じように頷いていたため、押見先輩は考え込むような仕草を見せて。

「じゃあどうしよっかな。部室は綺麗（きれい）になったばっかだから誰かいそうだし……となるとここは、不知火（しらぬい）ちゃんの秘密基地を借りよっか。鍵はあるんでしょ？」

「あ、はい」

こくりと頷（うなず）く不知火。

彼女の秘密基地というのは、あの古びた寄宿小屋のことか。

「じゃ、ちょっと先に行って待っててもらえる？　こっちは少し準備してくるから」

俺たちが頷きを返すと、先輩は「じゃ、あとで！」と手を振って、来た道を戻るように校舎のほうへと引き返していった。

俺は不知火に視線を向けて、彼女に向かってこう訊（たず）ねる。

「押見（おしみ）先輩とは仲いいのか？」

「この学校の上級生は、みんな中等部からの先輩だからね。付き合いは長いよ」

「それはそうだろうけど……お前そんな知り合い多いタイプじゃないだろ」

「それどういう意味かな!?」

「他意はないよ。だいぶ親しそうに見えたけど、って話」

しばらく不知火は、むっとしたような目をこちらに向けてきたけれど。

やがて小さく息をついてから、こくりと頷いて俺に言った。

「まあね。一応、押見先輩は同業者でもあるわけだから」

「ああ、そういや押見先輩も役者をやってんだっけ」

「先輩は舞台系の人だから厳密には違うと言えば違うんだけどね。そのよしみ」

「ふぅん……」

役者のジャンルの違いの機微はわからないが、同じ学校で同じ芸能系なら、まあ親交があっておかしくないというわけだ。

「ま、行こうよ。今日はちゃんと招待してあげるから」

笑みを見せて不知火は言う。俺も笑って、

「あの小屋に入るのに不知火の許可が必要だとは知らなかったよ」

「すぐそういうこと言うよね景行は……友達少ないでしょ」

「そういう不知火は多いのか？」

「……………………ふきゅぅ」

不知火は絶望的な表情になった。

「ごめん。俺が悪かった。悲しそうな顔しないでくれる？　たぶん俺より多いよ！」

「高等部から入った景行より多くてもなんの自慢にもならない……」

打たれ弱いなあ、こいつ……。

このメンタルでよく芸能界なんて怖そうな世界にいられたものだ。

——なんてことを頭の隅で考えながら、ふたりで寄宿小屋を目指した。

なんだかたびたび来ることが多くなった、征心館北東部は第二部室棟周辺。

鍵を開ける不知火の後ろに続いて、俺は建物の中に入った。

「今さらだけど、なんで鍵を不知火(しらぬい)が持ってんだ？」

「んー……まあいろいろとあって、かな」

「……なるほど」

説明する気はないらしい、という意味で納得した俺に、不知火は続けて。

「ま、単純に近いうちに使えなくなるから、がいちばん大きいけどね」

「うん？」

「この小屋、今は一応、演劇部の管理なんだよ。ただ普通に使ってないし、だから一学期終わったら夏休み中に取り壊されるんだよね。本当は冬休みの予定だったらしいけど」

「そうなのか……。まあ、見るからに古いもんな」

「あはは。別に今すぐ壊さなきゃ危ないってほど老朽化してないけど。それはともかく、壊すまでの間は使っててもいいって、押見(おしみ)先輩に許可を貰(もら)ってるってこと。本当はあんまりよくないかもしれないけど、まあ……桧山(ひやま)も一学期の間ならいいって言ってたから」

そういえば、俺のクラス担任の桧山は演劇部の顧問だと、押見先輩が言っていたか。

俺は自然と小屋の中の様子を観察した。

外から見るより確かに中は綺麗(きれい)だ。ちょっとした部室だと思えば悪くはない。学校内にこんなパーソナルスペースを持てるというのは、なかなか贅沢(ぜいたく)な特権だろう。

「いいな。秘密基地だ」

小さく零(こぼ)すように言うと、不知火は嬉(うれ)しそうに笑った。

「へへへ。でしょ？　でしょー？」

「ああ。正直、ちょっと羨ましいかもだ」

「そ、そかそかっ。景行もそんなに気に入ったんだっ」

「え？　あ、うん……まあ」

「そんなに言うなら仕方がないね。景行にも使わせてあげてもいいよっ。特別にっ！」

「……そりゃどうも」

　めちゃくちゃチョロい不知火であった。

　別に使わせてもらいたくておべっかを言ったわけではなく、ただの素直な感想だったのだが……何もしていないのに勝手に落ちている。もはや心配になってくるな、こいつ。

「うんうん。どうせわたししか使ってないからねここは！　お昼とか、よかったら食べに来てもいいんだよっ。わたしはいつもいるからねっ！」

「……ああ。俺は不知火を応援してるよ」

「どうして急に応援したの!?　あ、ありがとう……って言うトコ？」

　元来、割と人恋しくしている奴なのだろう。

　だとすれば——不知火の普段の態度が、よりわからなくなってはくるが。

　意図して人を遠ざけるような、性格にまるで似合わない、刺々しく不愛想な振る舞い。

　なぜ不知火夏生は、あえてそうしているのだろう。

「はい！　これ景行の分の座布団ね。どうぞっ！」

「……ん、サンキュ」

少なくとも、嬉しそうに座布団を抱えてくる少女からは想像ができない事情だった。

——やがて押見先輩が、そう間もなく小屋までやって来る。

「お待たせー。飲み物とか買ってきたからどうぞ」

どうやら購買に寄ってきたらしい。結局、気を遣わせてしまったようだ。

もともと待ち合わせで現れたのにわざわざ引き返した時点で、これは予想しておくべきことだった。とはいえ、ここまで来て固辞するほうが悪いのでありがたく頂戴する。

かくして俺たちは、先輩が買ってきたペットボトルや軽食を開けつつ座った。

「で、話なんだけどね」

押見先輩は開幕でそう切り出す。

はむ、と不知火が食堂のフライドポテトを口にするのが横目に見えた。

「まずダメ元で相談なんだけど、——不知火ちゃん、演劇部に戻ってくる気はない？」

「————」

音が止まる。視線の先で、不知火は難しい表情をして目線を少し下げていた。

何を答えようともしない不知火の視線が、なぜかこちらに向けられる。俺がいるせいで話しづらいのかもしれないが、だとしたら最初から呼ばないでほしかったところだ。

と思ったのだが、これはどうやら早とちりだったらしい。不知火は言った。

「どう思う？」

「えっ、なんで俺に訊く……？」

「え……いるから？」

「いるからって」

いる以上は相談役くらいにはなれ、みたいな意味合いだろうか。

俺が関わるような話題ではない気がしたが、水を向けられた以上は口を開いてみる。

「えっと。戻る、ってことはもともと演劇部だったってこと……だよな？」

「厳密には中等部の頃に、って話だけどね。もちろん」

と、これは押見先輩が言った。

まあそうだろう。この一か月で入って辞めたわけではなく、中学時代は演劇部に入っていたが、進学を機に――あるいはそれよりも前に退部したという話なわけだ。

不知火自身も頷いて、

「一年の夏くらいから……だいたい半年くらい？　中等部の演劇部に入ってたから」

「ん？　夏から……ってのは、また微妙な時期からだな」

首を傾げた俺に、押見先輩が笑みを浮かべて。

「勧誘期間では入らなかったんだけどね。私が強く誘ったってワケ」

「押見先輩が？」

「当時から有名人だったからね、不知火ちゃんは。金のリンゴが実ってたら勧誘くらいは普通にするでしょ」

たぶんそれはリンゴじゃなくてタマゴだが、まあ言わんとせんことはわかった。

下級生に有名な役者がいるなら、そりゃ演劇部としては是が否でも確保したいだろう。

「ただまあ、不知火ちゃんはちょっと、実績と実力がありすぎたからさ」

「……、というと」

「この学校でも、さすがに入学前からバリバリ現役でやってる子となるとほとんどいないわけ。不知火ちゃんだけ抜きん出てる中で、私も上手に部を纏めきれなくてさ」

「それは、つまり……」

「――押見先輩のせいじゃないですよ」

不知火はか細く言う。

要するに、出る杭は打たれるというような話なのだろう。

経験者がいるなら素直に教えを請えばいい、と安易に俺は思うが、まあ理屈はそうでも感情が追いつかないなんてのはよくある程度の話だ。ただでさえ中学生なのだから。

嫉妬ややっかみで動きにくくなったとすれば、部を辞めた背景は想像に難くなかった。

「でも、高等部だったら状況が違うってワケですか」

俺は小さく口にする。それに、押見先輩は首を横に振って。

「どうかな。いずれにせよ、それを判断するのは不知火ちゃんであるべきだと思うから」

「それは……そうかもしれませんね」

「もちろん中等部の頃よりは私も部を纏められてるとは思うけど。不知火ちゃんが居心地悪く思うようだったら意味ないからね。これは単に私のわがまま。しっかりとした形で、不知火ちゃんともう一回、ちゃんと舞台に上がってみたいな――ってだけのね」

――どうだろう？

そう、押見先輩は視線だけで不知火に訊ねる。

だが当の不知火はといえば、再び縋るような目をこちらに向けて。

「景行はどう思う？」

「や、だから俺に訊かれても答えようがないんだが……」

「それはそうかもだけど。でもほら、景行は中等部の頃のこと知らないから、ある意味で誰より客観的に見られるんじゃないかと思って」

「それは悪く言えば無責任にモノを言えるってだけのことだろ。不知火の好きにしろよ」

「わたしの好きに？」

「ああ。そういうのは他人の意見に流されないほうがいい、……と俺は思う」

「じゃあそうする」

なんだか素直な態度で、こくりと一度だけ頷く不知火。

それから彼女は視線を押見先輩に向けて、静かに頭を下げた。

「すみません。やっぱりわたし、今さら演劇部に入るというのは……、ちょっと」

「だよね。大丈夫、最初に言った通り、私もダメ元で言っただけだから」

押見先輩はあっさりとした様子ですぐに引いた。

不知火はなんだかほっとしたような様子で息をつくと、目線をこちらに向けてわずかに微笑む。もしかして、不知火は俺のことを保護者か何かと勘違いしているのだろうか。

俺が思うに、押見先輩の《本題》はこれではないと踏んでいるのだが。

「じゃあ部には戻ってこられないとして」

現に押見先輩は言葉を続ける。ぽんと軽く両手を叩いて、

「座組を組むだけだったらどうかな？　私と不知火ちゃんのふたりで」

きょとん、と不知火は目を丸くして零した。

「え？」

「一公演限りの企画ユニット。うちの部とは無関係に、不知火ちゃんとも組める子だけを集めて公演を打つってわけ。それだったら不知火ちゃん的にも問題ないんじゃない？」

「え、と……」

「不知火ちゃんも舞台には興味あるんでしょ？　一度は入部したわけだし」

「それは、まあ……」

「どうかな？　今度こそリベンジ。私としても思い出ができるのは嬉しいからさ」

「…………………景行ぃ」

「だからなんでこっちを見るんだよお前は」

「いるからぁ……」

ニュアンスがもう《居る》じゃなくて《要る》に寄っていた。

そんな目で見られても、俺は縋りつく藁としてはちょっと脆すぎると思いますよ。

藁視点、そもそも話にあまりついて行けていない。

とはいえ弱々しい目でこちらを見る不知火を放ってもおけないため、俺は口を開いた。

「えっと……ユニットというのは、つまり押見先輩と不知火が個人的に演劇をやるためのグループをゼロから立ち上げる、みたいな認識で合ってますか？」

「おおむねそんな感じ。別に珍しい話じゃないよ。ウチの部でも、定期公演以外に公演を打ちたいときは有志で座組を組んで企画を進めるからね」

「そうなんですか？　すみません、その辺り俺にはわからないんですけど、劇をやるなら裏方とかだって必要になりますよね？」

押見先輩も俺の質問に頷いて。

実際にどんな役割が必要なのか知らないが、役者ふたりじゃ無理なことはわかる。

「そうだね。ちゃんとしたものをやろうとすれば、やっぱり人手は必要になってくる」

「だとすると、やっぱそれなりに専門知識のある人が必要になるんじゃ？」

「いや、必要なのは知識より単純に数だね。そこさえクリアできれば大丈夫だよ」

ふと不知火を見れば、彼女のほうも小さく俺に頷きを返してきた。

ふむ。まあ考えてもみれば、ちょっとした照明や音響の操作なら文化祭のステージ上や学校集会でも行われている。というか、思い出してみれば俺も手伝ったことはあった。

まあ照明のオンオフを指示されたタイミングで切り替えただけなのだが、あの程度なら確かに誰でもできる。勝手にハードルを上げていたが、その延長なら難しくはないか。

「実は、執事くん——景行くんを呼んだのも、そっちが狙いだったりしてね」

押見先輩はそう言った。つまり、

「俺もそのユニットに入ってほしいって話ですか」

「今なら枠は空いてるからさ。なんなら役者で入ってくれてもいいけど」

部室の掃除を頼まれていた段階で、押見先輩はそこまで見越していたのだろう。

ともあれ、そう言われては俺としても断れなかった。

「役者はアレですけど、裏方とかでできることがあればお手伝いはしますよ」

実際、そこまで演劇に興味があるわけではないけれど。

ただ不知火を見ていたことで、演技というものには少しだけ興味が湧いてきた。

あのレベルまでとは言わなくても、身につければ役に立つかもしれない。

「ありがとう、景行くん！　不知火ちゃんはどうかな？」

再び不知火のほうに視線を向ける先輩。

不知火は俺を一瞥すると、今度は何も言わずにただ頷いた。

「ほんとっ!?」

ぱっと、押見先輩の瞳が輝く。

「はい。押見先輩にはお世話になってますし、わたしでいいなら……」

「やったっ！　じゃあ今日から三人で結成ってことで！　——イエーイ！」

手に持ったペットボトルを掲げて、押見先輩は快哉を上げた。

不知火は一瞬、はっとした表情を見せたあと、自分でもペットボトルを持って。

「い、いえーい……！」

「イエーイ！」

ふたりの視線が俺に向く。

あ、そうなんだ？　もうそういう感じなんだ、すでに？

手伝うとは言ったものの入るとは言ってなかったような気がするのだが、こうなっては今さら言い出せない。その辺りは追々考えようとかぶりを振って、俺もボトルを掲げた。

「イエーイ！」

——三人分の喝采が小屋の中で響く。

こうして、俺と不知火と押見先輩による演劇ユニットは流れるように結成された。

放課後の時間は決起集会へと様変わりする。

はむはむと芋を食む不知火に顔を寄せ、俺は小声で訊ねてみた。

「……よかったのか？」

「ほえ？」

アホみたいなリアクションをする不知火だった。

なんだそのあざとさ。樹宮を少し見習ったほうがいいと思いますよ。

「ほえ、じゃない。いや、なんか流れで決めてないかって話を聞いてるんだよ」

不知火は役者活動よりも学校生活に重きを置いている。

実際それがあったから生徒会から俺に話が降りてきたわけだろう。

だから確認してみたのだが、不知火はなんでもない表情で。

「そう言われたら確かに流れで決めたけど、別にいいよ」

「そうなのか……？」

「うん。こういうふうに、みんなで集まってなんかするみたいなの、憧れてたし」

「……なるほど」

納得した。それが不知火の憧れる青春の形なのだろう。

言いたいことは俺にもわかる。実際、高校に入学するよりも前の俺は同じようなことを考えていたからだ。

「――むしろ、景行こそありがとねっ」

不知火はそう言って笑った。

俺は言う。

「礼を言われるようなことをした覚えがないんだけど」

「だって、入ってくれたじゃん。それ、わたしのことがあったからだよね？」

「――――」

「さっき思わずいろいろ零しちゃったし。じゃなきゃ景行が手伝う理由ないもんね」

「いや、……俺は」

「それくらいはわかるよ。だから、ありがと。──嬉しかった」

にへへへ、と恥じらうような笑みを零しながら、不知火はそんなことを言う。

思わず俺は顔を背けた──その無垢な表情を見ていられなくなったから。

彼女の言葉は間違っていない。俺がこの話を断らなかったのは、確かに不知火のことがあったからだ。だがそれは、断じて不知火が想像しているような理由じゃなかった。

──単にそのほうが都合がいいと思っただけだ。

生徒会からの依頼を達成するには、彼女の傍にいるほうが効率はいい。向こうから俺を入れてくれるというのだから、断る理由などなかったわけだ。この思考は善意じゃない。

だからこそ、俺の胸には粘つくような罪悪感がずっと引っかかり続けてしまう。

打算や損得勘定で他人と付き合うのは難しい。

善人ぶっていることのほうが、俺にはずっと気楽に思えた。

それでも。

「いいよ。俺も不知火が舞台に立ってるところ、見てみたいって思ったし」

それでも俺は告げる。

嘘ではない。建前でもない。それは紛れもなく偽りのない俺の本心だったけれど。

自分の本心を打算で口にしていることも、また間違いのない事実だった。

「うぁ……かげ、も……、もおっ！」

俺の言葉を聞いて、不知火は顔を真っ赤にすると、手をぶんぶんと振った。

どうやら喜んでくれたらしい。それだけでも言った甲斐があるし、そんな計算を抜け目なくしている自分が——嫌になりかけるのを気合いで留めた。

選んで決めたことをして、自己嫌悪なんて馬鹿らしい。

「うん、でも、そっか。見たいのかー。それなら、ちょっと気合い入っちゃうなっ」

小さくガッツポーズを作る不知火から視線を逸らし、押見先輩に向き直る。

「——それで。具体的には、これから何をしていくんですか？」

話を誤魔化したに過ぎないけれど。先輩は頷いてからこう答えた。

「まあ、真っ先にやるのはもちろん面子集めからだよね」

「なるほど」

俺はこくりと頷いて。

それから言う。

「いきなり役に立てそうにないですね」

「わたしも！」

隣で不知火も笑顔で言った。

笑顔で言うな。

「俺はともかく不知火はもうちょっとどうにかならんの？」

「いや、そんなこと言われても……わたし、この学校に友達いないから……」

「…………」

有名子役なんて肩書き、学校生活ではなんの役にも立たないということらしい。

いや、さすがにこれは不知火がちょっとアレすぎるだけだと思いたいが。

「うーん、これは前途多難だ！」

押見先輩はけらけらと笑う。この人は基本ずっと楽しそうだ。

しかし考えてみれば結構、大きな課題ではあるだろう。

たった三人では人手が足りなさすぎだ。俺は押見先輩に向けて問う。

「どうします、これ？」

「ま、その辺りは私のほうでどうにかしてみるよ。最初から部員の何人かにも応援は頼むつもりだったから。もちろん、不知火ちゃんと軋轢が出ない人選で。いいよね？」

「えっ？　あ、はい。だいじょぶです」

こくりと頷く不知火。

枠として部活じゃなければ大丈夫なのだろう。たぶん。

押見先輩はそこに続けて、

「とはいえ結局、ウチの部員ばっかりになるようじゃあんまり意味ないから、ふたりには外に向けての勧誘をお願いしたいところだけど……」

「むぐふぅ」

と不知火は唸った。そして一瞬ちらっとこちらを見てから、

「……それは景行がどうにかします」

「お前さあ……」

仮にもテレビに出ていた芸能人とは思えないコミュ力の低さしてんな……。

いや、芸能人ならコミュ力があるってのも、ある種の偏見なのかもしれないけどね。

まあいい。確かに、そこは俺が担うべき部分だろう。演劇そのものへの造詣が深くない以上、ほかで役に立てなければ俺がいる意味がない。せいぜい売り込んでいこう。

これでも俺は新入りなんだが……それでも、不知火（しらぬい）よりはたぶんマシだ。

「まあまあ、長い目で見て行こう。目標は、ひとまず来年とかになりそうだし」

押見（おしみ）先輩のひと言で纏（まと）められ、かくして方針は固められる。

――果たしてこれは、生徒会に対して《成果》として伝えられる内容なのだろうか。

このとき俺は、そんなことを頭の片隅で考えていた。

5

「……なんだか妙なことになったな……」

などと中身の薄い感慨を、闇に溶け込ませるように静かに零（こぼ）す。

時刻は、ついさきほど零時を過ぎた頃合いだ。自室で宿題を終わらせて、今は寝る前にお茶でも淹（い）れようと居間に下りてお湯を沸かしている。

放課後の寄宿小屋での話し合いは、結局あのあとただの飲食会になった。

俺はキリのいいところでふたりと別れ、先に家まで帰ることにした。もともとはいないはずだったわけだし、俺抜きで話したいこともあっただろう。そう思ったからだ。

「――――」

薄暗い部屋でティーポットを眺めながら、ようやくになって今日のことを回想する。

これから忙しくなりそうだ――なんて言えるほどやることはない。そもそもこれまでも充分すぎるくらい忙しかったのだ。その意味では、特に変化のある一日ではなかった。

それでも、俺には今日この日がひとつの転機に思えてならない。

理由ならわかっていた。そのために、と決意を持って入学した学校で、目標への一歩を明確に踏み出したという実感があるからだ。だから、いつもよりちょっと疲れている。

「――あれ？　想兄（そうにい）？」

ふと、背後から声をかけられて俺は顔を上げる。

同時に、最小になっていた部屋の照明が一気に明るくなった。

「あ、お茶淹れてんだ？　じゃあわたしのもお願い」

景行（かげゆき）家の下の双子の片割れ――妹の謡（うたい）が、不思議そうに首を傾（かし）げながら言った。

母も姉も帰宅していないため、今いるのは三人だけだ。寝間着姿の妹に、俺は訊（たず）ねる。

「詠（えい）は二階か？」

「うん。でも、もう寝てると思うよ。だからふたり分でオッケー」

「了解」

インスタントのパックで済ませようかと思っていたが、ふたりいるなら急須を使おう。

茶葉や湯呑を揃えていると、背後で食卓についた謡がふと静かに言った。

「なんか元気ない？」

「ん……、そう見えるのか？」

訊き返した俺に、中学生になった妹は半笑いで。

「あ、じゃあアタリか。いいねいいね。何か悩みがあるなら、妹に話してみ、想兄？」

「兄に悩みがあると知っての感想が『いいね』なのおかしくない？」

俺は割と下の双子をかわいがってきたつもりなのだが、当の双子からの俺への当たりが微妙に強いのはなぜなのだろう。特に謡は、詠よりもひときわ厳しくて悲しくなる。

「で、どしたの。恋愛相談？」

中学生みたいなことを言う謡だった。事実、中学生なのだが。

相談することは前提になってしまったようなので、俺はお茶を淹れながら語ってみる。

「まあ、ちょっと学校で仕事が重なってね」

「……仕事ねー」

「そうだよ、仕事だ。俺はあくまでも打算的契約関係を旨として高校生活を過ごす男だ」

「やだよなー、こういうこと言い出す兄……。妹は悲しくなってきます」

兄も悲しくなってしまったが、事実なのだから仕方がない。

恋愛や青春の全てを捨ててでも、俺はビジネスライクに高校生活を過ごすと決めている。

打算で計算して、試算を検算して。

高校生活三年間の人間関係を構築していくと。

そんなことを考えている兄の姿を見て、賢い妹は呆れたように溜息を零した。

「こういうの高二病って言うんだっけ？」

「まだ高一のはずなんだけど、となるとだいぶ成長が早いな、俺は」

「やれやれ……まったく、りゅー姉の言った通りだよ」

「姉貴の？」

突然出てきた名前に首を傾げると、謡はこくりと頷いて。

「うん。どうせ入学してひと月もする頃には、打算で人付き合いするのに引け目を感じてヘラり出すから――って。そういうの、想兄はホント引くほど向いてないから」

「俺、そんなふうに思われてたのかよ……姉貴の奴」

それを直接は言ってこない辺り、実に姉貴らしいと言わざるを得ない。

どうやら謡も、その件があったから急に話を振ってきたようだ。

もう言葉もない俺に、謡は静かな口調で。

「後悔してんの？」

「それは違う」

俺は即答で首を振った。そんなことを言い出すつもりはない。

やると決めたことをやっていて、そのことに後悔するなんてのは馬鹿げた話だ。

「ただまあ……みんな意外とずるいよな、ってちょっと思っただけなんだ」

「……ずるい？」

「いや、ただの泣き言だ。忘れてくれ」

首を振って、俺は話を打ち切った。

急須にお湯を注ぐ。謡も、それ以上は何も言ってこなかった。

「ほらよ」

淹れ終わったお茶を食卓まで運んで、謡の前に置く。

「ん。ありがと」

そう言って受け取る妹を正面に見ながら、俺は対面の椅子に腰を下ろした。

お茶を啜る。何度か謡が、こちらの表情をちらちらと窺っていることには気づいていたが、特に反応はしない。やがて謡も、諦めたように湯呑へ口をつけた。

——少し濃いめに淹れすぎてしまったかもしれない。

第三話『景行想は計算する』

0／A

人生における思い出したくもない暗黒時代なんてものは、現代日本で学生をやっている時点で幾度か経験するだろう。成長していく上で当然の通過儀礼みたいなものである。

ただ中には忘れたくても忘れられないほど、深く記憶に根差す思い出もある。

そこまで行くと、これはもはや呪いの類いだ。幼少期の人格形成に、決定的な方向性の変化を与えるほど強烈すぎる過去は、どうあれその後の生き方を宿命づけてしまう。

——あの、母に連れられて行ったパーティー会場で。

そのとき限りの友人を共犯者に巻き込み、脱走を目論んだひとりの少年がいた。

先んじて言っておくと、この行為がのちに大問題を巻き起こした的な顛末ではない。

小学生の俺の小規模な探検は、会場ホテルの庭園までが限界行動範囲で、迷子になって怒られたとか危険な目に遭ったとか、そういう大事件とはまるで無関係だった。

俺たちは小規模な探検を普通に楽しんで、パーティーが終わるよりも前に普通に戻ってきただけだ。のちに母から「せめて言え」と当然の説教をされたが、それくらいである。

時間的にも、せいぜい小一時間もかかっていない。パーティーは三時間くらいあったと記憶しているから、そのほんの一部である。

――忘れられない事件は、探検が終わったあとに起きた。

いや。それも事件と言うほどではない。少なくとも俺個人にとっては。

それくらい、俺自身には関係のない話だったからだ。

『友達は選びなさい』

そんな言葉が、俺の耳に届けられた。

俺といっしょに探検をした友人が、大人からそういうふうに告げられていたのだ。

怒られていたのか、窘められていたのか。いずれにせよ、その友人は価値のない相手に時間を費やすなと説教をされていた。

パーティーの終了よりも、少し前のことだったと思う。探検から帰ってきて、母と少し話して、それから再び友人を探しに行った際に、会場広間から少し外れた廊下で聞いた。

『――お前は、そんな子を相手にしていてはならない立場だよ』

それが俺の話をしているのだと気がつくまでには、少しだけ時間がかかった。

あくまでその大人は、自分の子どもに教えを説いていただけなのだろう。

その影響が周囲の子どもたちにまで波及してしまったのは、単にその大人が特別な存在だったから、あるいは威厳の問題か。いずれにせよ意図はしていなかったように思う。

ただ結果として俺は、子どもたちの輪から外されてしまった。

あとはパーティーが終わるまでの、しばらくの時間を俺はひとりで過ごした。

当時そこにいた子どもたちは、俺以外はみんな金持ちの家の子で、自分たちがなぜこの会場にいるのかということをしっかりと理解していたからだ。

そこは社交の場で、それは子どもであっても変わらず、常に晒される評価の目に応えるためにここへ来ている。豪華な夕食を頂きにきたアホなクソガキは俺だけだったわけだ。

かくして、俺はその場において《付き合うに値せず》の評価を喰らった。

当然ではある。まあ、今の俺だから言える話だが。

大人の邪魔をせずいい子に振る舞うのがその場における子どもの《仕事》で、そいつを弁えもせず飽きて抜け出すような悪ガキとは、親としては付き合わせたくないだろう。

当時の俺ですら、やっぱり無理に誘ったのは悪かったんだろうと反省した。

だが――それでも納得いかなかったのだ。

『友達は選びなさい』

あのとき聞いた大人の声が。

あのとき見た周囲からの目が。

他者を有用か無用かで図ろうとする人間の意識が。

幼い俺には、どうしようもなく恐ろしくて残酷なものに思えてしまったこと、よりも。

何よりもそれ以上に――。

『いいね、――ナツキ』

『はい、わかりました』

そのときの俺は愚かだったから、その言葉だけでは信じなかった。

いくら当時の俺だって、相手が楽しんでいるのか、それとも本当は嫌がっていたのかを察することくらいは気にかける。俺が見る限り、彼女は本当に楽しんでいたはずだった。

だから確かめようと、そう思ったのだ。

あんな大人が言っていることは違っていて、彼女はきっと、俺と過ごした時間を後悔はしていないはずだと――そんな夢物語のような期待を、最後まで捨てられないでいた。

だからこそ。

『――ごめんね、そーくん』

『――そーくんじゃ、ダメなんだって』

そうはならないと思っていた返答が、きっと何よりも俺の心を砕いたのだろう。

たとえその日、ほんの数時間だけをいっしょに過ごした関係に過ぎずとも。

友達だと思っていた少女もまた、俺の存在を無価値だと判断していたという事実が。

俺には、ほかの何よりも耐えがたい事実であったのだ。

以来、その日のできごとは俺にとっての呪いとなって。

——そういう人間にはなりたくないと、小学生の俺は強く誓った。

——そういう人間になろうと、高校生の俺が裏切る未来を知らず。

1

不知火と組んでから十日ほどの間は、特にこれといった進展が起こらなかった。

別に暇だったわけではなく、どちらかと言えばむしろ忙しかった。月末には中間考査があるから、各部活から駆け込み需要的にいくつか仕事を頼まれたからだ。

まあ、とはいえ大した仕事があったわけじゃない。

大きい仕事と言えたのは新聞部の取材協力や資料纏め程度。あとは数日ほどいくつかの運動部でマネージャー代行をしたくらいで、おおむね平穏な日々であったと思う。

その一方、不知火ユニットの人集めは遅々として進んでいなかった。

この期間でわかったのは、不知火がある種の腫物扱いになっていることくらいだ。

『この学校に友達いないから……』

小屋で会うたび聞かされる涙が出るような言葉に、俺では何も返せなかった。

かくして日付は五月の二十三日、木曜日。

そろそろ本格的に動き出してみようかと考えて、俺は昼休みを待って行動を開始した。

こういうとき、まず頼りにするべきは誰かを考えると選択肢は少ない。もっとも誰より頼りになってくれるのだから、一択だったところで困らない相手ではあった。

「お昼。ごいっしょにどうですか、想さん？」

この通り。何を言わずとも向こうからタイミングよく声をかけてきてくれるのだから。

もう本当に頼れるというか、いっそここまで来ると恐ろしくなってくるというか。

「あー……実は俺も声をかけようと思ってたんだよ」

「それは嬉しい偶然ですね」

俺の言葉に、クラスメイト――樹宮名月は上品に微笑む。

いつも通りの丁寧で上品な態度は崩さず、けれどお茶目に悪戯っぽく微笑んで。

「でも、それならもう少し、誘われるのを待っていればよかったかもです」

「……そう？　むしろ呼ぼうと思ってるのを見抜かれてるのかと思ったんだけど……」

「そんなことはありませんけれど。でもそうですね。今日は想さん、お仕事がないご様子でしたから、それでお声がけしてみました」

「…………」

「今日はお暇なようですから、それならわたしも、ちょっとくらい構っていただけるかなって期待してたんです。正解みたいで、ほっとしちゃいましたねっ？」

もちろん俺は請けた仕事をいちいち樹宮に報告していない。

にもかかわらず筒抜けであることは、今さら驚くに値しないのだろう。もはや。

「……よく見てるね……」

「それはもう。想さんのことですから」

最近は、樹宮にこういうことを言われても照れなくなってきている俺がいる。慣れたからではない。——ちょっと怖くなってきたからである。

樹宮ってさ、俺が何やってても全部『知ってましたよ』とか言いかねない謎の雰囲気があるんだよな……なにせ初対面で手伝いますとか言ってくるような奴だし。

「さて、どうしましょう。学食でもいいですか？」

樹宮に問われる。

このなんでもない発言すら《昼食をまだ買っていないと知っていますよ》という意味に聞こえてくるのはもう俺が悪いのだろう。さすがに考えすぎだとは思う。

構わないと頷いて、ふたりで学食まで移動した。

券売機前の長蛇の列を見据えながら、俺は樹宮に告げる。

「よければ奢ろうか？　仕事で稼いだ食券があるから、この中のメニューでよければ」

樹宮は少しだけ考え込むような素振りを見せたが、すぐに小さく頷く。

「では、お言葉に甘えてしまいますね」

「オッケー。何がいい？」

「想さんはどうされます？」

「俺は……どうしよっかな。特に考えてなかったし、日替わりでいいか」

「では、わたしも同じものをお願いします」

「ええ。では、先に席を確保しておきますね。想さんは注文をお願いします」

列から離れていく樹宮を見送る。食券を買う必要がないため、俺は注文用カウンターに移動した。学食は大盛況で、確かに手分けしなければ席を見つけるのもひと苦労だ。

樹宮があっさり奢らせてくれた理由は、もしかして自然と手分けするためだろうか。

「なんつーか本当、俺が知ってる人類でいちばん気が回る奴だよな、樹宮は……」

何がすごいって振る舞いがナチュラルで、まったく押しつけがましさがないところだ。気を抜いていたら絶対に気づかないようなさり気なさで、自然と周囲に気を配ることができている。この能力は、俺としても是非に見習いたいところだった。

中学時代の自分を弟子入りさせたいくらいだね。いや、今からでも遅くないか？

なんてことを考えながら注文を終える。

その頃には樹宮はすでにこちらに戻ってきていて、

「席、確保しておきました」

「しごできすぎる……」

「……あの、想さん少し大袈裟すぎません……？」

そうなのかな。そうなのかもしれない。

そんな気もしてきたと思いながら、揃って注文を受け取って席に着いた。

「いただきますね、想さん」

「いいの？」

「どうぞ。——いただきます」

樹宮の対面に座って手を合わせ、それから食事を開始した。

しばらくの間、まずは食事を進めることを優先する。本当はいろいろと話をしたかったところだが、予想以上に食堂が混んでいて長居しづらい雰囲気だ。

同じことを樹宮も思ったのだろう。味噌汁のお椀を置いて苦笑しながら、

「いつもよりも混んでましたね」

「やっぱそうだよね。木曜だと混みやすいのかな」

「どうでしょう。今日は日替わりがからあげだから人気なのかもしれませんね」

「そういやここの学食って、揚げ物が人気なんだっけ」

「ハズレがないで評判ですからね。特に日替わりだと値段も安いですし」

「へえ……この学校の生徒でも学食の値段とか気にするんだ」

「もちろん、安いに越したことないですから。わたしたちのことなんだと思ってます？」

実家が太いと思っているが、まあ、それはそれか。

創作に出てくるような金銭感覚のラインがズレた金持ちをイメージするほうが間違っているのかもしれない。金持ちだろうと、安いものをもちろん買う。

高いものでも買うというだけだ。

「でも実際、ウチの学食ってだいぶ美味いよな……？」

「そうだと思いますよ。いえ、この学校以外の学食は私も知りませんが。ただ何年か前に

テレビ局が取材に来たことならありました」

「えっ、学食に？」

「ですです。私が中等部の一年の頃でしたか。お昼のワイドショーか何かで学食の特集があったとかで、いろんな大学などの学食が取材を受けたそうです」

「マジか……」

「もっともこの学食は一般利用できないので、あんまり意味ない取材なんですけど。ただ征心館(せいしんかん)は大学の学食より一貫部の学食のほうが評判いいみたいですね」

まあ確かに、見るからに綺麗(きれい)だもんな、ウチの学食。

学食の内装と味は関係ないかもしれないが、それだけ力を入れていることはわかる。

初めて学校に来たとき、俺も大学と間違ったのかとすら思ったほどだ。

「施設の充実っぷりはこの学校の特色だよなあ」

「その分、敷地が広くて移動がちょっと大変ですけどね」

「それはそう。特に体育なんか、着替えも考えると休み時間が実質潰れるよねアレ」

だから一部の生徒はあらかじめジャージや体操服に着替えて前の授業を受けたりする。

「女子はもっと大変ですよ？　着替える前に、まず別室移動ですからね」

「男子は教室で着替えられるだけ楽だね……そういや、たまに体育のあと、ジャージからジャージに着替えてる奴(やつ)いない？」

「中等部からの生徒はだいたい複数着持ってますすよ」

「樹宮も？」

「ええ。わたしは運動部にお邪魔することも多いですからね。一着だと回りません」

「でも樹宮は体育のあともちゃんと毎回、制服に着替えてないっけ？」

「確かに、運動着で受けても怒られませんけどね。一応、授業は制服が決まりですから」

「さすが真面目だな、樹宮は……」

俺は体操着とジャージを一セットずつしか揃えていない。

あまり半袖半ズボンの体操着で過ごすのが個人的に好きではないから、基本的には長袖長ズボンのジャージを使っている。だから体育のあとは俺も制服に着替えるタイプだ。

ジャージを複数揃えておくなんて発想、入学前にはなかったからな……。

「見せかけだけです。中身まではそんなに真面目じゃないですよ」

樹宮は微笑しながら言った。続けて、

「わたしも、本心ではジャージで楽に過ごしたいとか思ってますから」

「そりゃかなり意外だ」

「そんなことありませんよ。なんなら家用のジャージが欲しいくらいです」

「ジャージ好きなの？」

「ジャージ好きですよ」

「……、ちょっとわかる。実は俺も結構好き」

「そうですか？　それは嬉しいですね。ジャージ愛好仲間ができました」

「愛好家のレベルだったんだ？」

「ええ。できれば家ではジャージを着て、頭にタオルを巻いて過ごしたい派です」

「想像つかねえー……」

樹宮とジャージの組み合わせは……これを似合うというのか似合わないというのか。

スポーツ少女然とした外見の印象を取ればものすごく似合っているが、お嬢様然とした性格の雰囲気を取るとイメージが噛み合わない気もする。

まあ結果的にはどんな格好でも着こなしてしまうだろうから、いっそズルいくらいか。

「ジャージ買い足そうかな俺……」

小さく呟いた俺に、微笑みながら樹宮は答える。

「ふふ。想さんもだいぶ、この学校に慣れてきたみたいですね」

「そうかな？　……まあそうかも。さすがに」

振り返ってみれば、確かにいかにも高校生らしい会話だったように思う。

取るに足らない、この学校の生徒でなければ聞いていても何も面白くないような雑談が自然と交わせるくらいには、気づかないうちに俺も征心館に慣れてきたのだろう。

どんな新環境だって、ひと月も過ぎれば日常になる。

結局、そんなものなのかもしれない。その善し悪しは別として。

——日常の話をしているうちに、気づけば日替わり定食も完食してしまっていた。

俺より少し遅れて完食した樹宮が、礼儀正しく手を合わせて言った。

「ご馳走様でした」

俺もそれに続く。

「ご馳走様でした」

「……そういえば想さん、前の埋め合わせがまだでしたね」

「埋め合わせ？」

「喫茶店の件ですよ。わたしの勝手で、先に帰ってしまいましたから」

「ああ……不知火と会ったときの。いや別に、そもそも俺側の埋め合わせだったし」

軽く笑って俺は言ったが、樹宮はしっかりと首を振って。

「そういうわけにはいきません。想さんのお気遣いはありがたいですが、それに甘えては樹宮家の人間として恥というものです」

「そ、そこで家を持ち出してくるとは……意外と頑固だよな、樹宮」

そう言われると一気に拒否しづらくなる。

さすが樹宮だ、と俺は明後日の方向に感心してしまった。

「何かしてほしいこととかありませんか？」

と。対面に座る樹宮が、ふと上目遣いになって言う。

「なんでも言ってくださって構わないんですよ？」

さすがに、これには顔が赤くなってきた。

わざと言っていることくらい俺でもわかるのに、それでも心臓が跳ねてしまう。

「な、なんでもって……樹宮家の人間がそんなこと言ったらよろしくないんじゃないの？」

「そうですね。なので想さんにしか言いません」

「うぐ……」

初対面から、不思議なほど樹宮は俺に対して態度が甘い。

これで俺が中学生なら、もしかしてひと目惚れでもされたのかと自惚れていただろう。

だがそんなイベントが人生で起きたことはないため、高校生になった俺はもう少し現実的な経験値において判断ができる。――樹宮名月の態度には理由があるはずだ、と。

実のところ、俺は以前に樹宮と会ったことがあるんじゃないかという疑念ならあった。

まだ入学した直後、彼女の名前を知ったときから、俺はそのことを考えていた。

――かつて小学生の頃、一度だけ会ったことがある《ナツキ》という名の少女……。

覚えているのはその名前と、家が裕福だったことくらいだけど。

もしかしたら、――という思いはずっとあった。だがそれにしては、俺に対する態度が昔と違いすぎるし、何より《ナツキ》という名前はこの学校では珍しくなさすぎる。

じかに確認するつもりもない。

元より無価値と判断された過去の俺を、あのときの少女が覚えているはずもないのだ。

「……そうだな」

結局、このときも俺は樹宮に確認しようとは思わなかった。

劇的な再会を期待してこの学校を選んではいない。関係に必要なのは打算と計算だ。

「そしたら、ちょっと協力してほしいことがあるんだけど」

「なんです？」

小首を傾げる樹宮に、俺は言った。

「実は、不知火といっしょに演劇のためのユニットを組むことになって」

「――――」

「そのメンバー集めをやってるんだけど、俺もそういう伝手はまったくないからさ。まだ押見先輩も合わせて三人しか面子がいないから、樹宮も協力してくれないかな？」

「…………、そうなんですね」

「ああ。いやもちろん、樹宮と不知火に何か事情があるのは察してる。だからメンバーに入ってほしいとまでは言わない。ただちょっと俺を手伝ってくれれば……どうだろう？」

「わかりました」

と、樹宮は笑顔で頷いた。いつもとまったく変わりのない態度で。

「考えておきますね」

「ありがとう。助かるよ」

それが決して肯定の返事ではないということなら、もちろん俺も気づいていたけれど。

それでも構わないだろうと、このときの俺は判断していた。

2

このところの放課後は、俺は多くを不知火と過ごすようになっていた。

特に約束はしていない。なんとなく寄宿小屋まで足を運べば、だいたい不知火がいるというだけだ。割と居心地がよかったから、いっしょに利用させてもらっていた。

ただこの日の放課後、訪ねた寄宿小屋は珍しく鍵が開いていなかった。

どうやら今日は来ていないらしい。そう判断した俺は、そのまま久し振りに近くにある第二部室棟を目指すことにした。——あれ以来まだ顔を見せていないと思い出したのだ。

十日振りの第二文芸部室。入口の前でノックをしてみると、しばらくあって扉が開いた。

「いらっしゃい、景行さん」

と、いつも通りの感情の読めない表情で、水瀬が俺を出迎えてくれる。

俺の顔を見た水瀬は、なぜか（無表情のまま）顔の横でダブルピースを作って。

「イエーイ。無表情系天才美少女エロ小説家の水瀬懐姫ちゃんだよー」

「その自己紹介にイエーイは返せないわ、俺……」

「ごめんごめん。無表情系は嘘」

「そこはいちばんホントだろ!?」

「天才美少女の部分より？」

「……、いやまあそれも否定しないけど」

「ありがとう。景行さんのそういうチョロいところ好きだよ」

「こいつ……」

思わずジト目になる俺だったが、水瀬のほうに気にした素振りは微塵もない。

たぶん乗せられるほうが悪いのだろうと自戒して、気を取り直すように俺は言った。

「よう水瀬。いつかの約束通り遊びに来てみた」

「うん。舌を長くして待ってたよ」

「首じゃないそれ？」

「べえ」

「もしかして歓迎されてませんかね……？」

なぜか舌を出している水瀬は、いったい何を言わんとしているのか。

「れろれろれろれろれろ」

「怖い怖い怖い怖い怖い」

いきなり縦横無尽に舌を動かさないでほしい。

「顔、舐めてもいい？」

「いいわけなくない？」

「仕方ない、靴で我慢してあげる」

「俺わかんねえよ水瀬のテンション」

「なかなか来てくれないから、ご機嫌でも取ってみようかと思って」

「だとしたら悪かったけど……いや大丈夫だから。舐めなくていい。膝をつくな！」

「ん」

あっさりと引く水瀬であった。

無表情のまま変なことをする奴だが、引き際がいいから付き合ってしまう……。

「──景行さんは、女の子のベロに興奮するタイプではない、と」

「今もしかして俺の性癖をチェックしてましたか⁉」

油断も隙もなさすぎる……。放課後くらい油断して隙を晒させてほしいところだ。

危なかった。実はちょっと水瀬の舌の動きに目が吸い寄せられそうだったなんてこと、バレたらしばらく立ち直れないですからね。まったく、水瀬の奴め……。

相変わらずの変わり者っぷりに、もはや一周回って安心しながら、俺は部室に入った。

──砂金奈津希の恵方巻がそこにはあった。

「…………」

ツッコミを放棄して絶句する俺。

その目の前──部室の片隅では今現在、大きめのブランケットにロールケーキのように包まれて寝転がっている砂金が、床の上に安置されている。しかも紐で縛られていた。

俺の隣に立って、水瀬がぽつりと小さく呟く。

「塞がり巻」

「えっそれ説明？」

その謎すぎる語句で全てを理解できるほど俺の察しはよくないんですけど。

——の意を込めて視線を向けると、水瀬(みなせ)は小さくこくりと頷(うなず)いて。

「塞ぎ込んでるから巻いてみた」

「そうなんだ……ごめん、ぜんぜん脈絡わかんないけど」

いや、そういえば確か《恵方》の対義語は《塞がり》だった気がする。

だとしたらわかりづらいボケだな……それとも密(ひそ)かに教養を試されていたんだろうか。

疑問に思う俺を尻目にして、ぽつぽつと水瀬は続ける。

「待ってたんだよ」

「……えーと」

「上の目をびしょびしょにしながら」

「下に目はないけどね」

「目の下の口をびしょびしょにしながら」

「目の下の口は、それは口だよ」

「毛布をびしょびしょにしながら待ってたわけ」

「…………」

「ちゃんと構ってあげないと、イサはすぐロー入るから。拗(す)ねちゃった」

まあ、要するに。

——十日も放っておいたせいで、拗ねて恵方巻ならぬ塞がり巻になったということか。

いやどういうことだ。

そんなまさか、と思いながら俺は砂金に近づき、とりあえず声をかけてみる。

「お、おーい？　砂金さーん？」

「――――………」

毛布の端から出ている顔が、ころりとこちらを向く。そして、
一瞬で、ぱっと花が咲くみたいに砂金は笑顔を覗かせた。

「カゲくん!?　来てくれたのっ!?」

どうやら元気みたい（？）でよかった。本当によかったのか……？　知らん。

「お、おう。久し振りだな、砂金。何してんのか知らないが」

「あっ、ごめんね！　今、出るからだいじょうぶ！」

言って砂金はもぞもぞと動く。

どうにか毛布から這い出ようとしばらく格闘し、やがて蠢く芋虫は俺を見上げると。

「あれ、出れない!?　ミナ、ちょっとキツく縛りすぎじゃない!?」

「照れるぜ」

「今の褒めてないよぉ!!」

真顔の水瀬と笑顔の砂金。

この凸凹コンビに話を任せていると一生進まない。

「わかった。俺が紐を外してやるから、しばらく動かないでいてくれよ……」

「や、やさしくしてね、カゲくん……？」

「ちょっと黙っててほしい」

「うん、わかった！」

返事だけはいい砂金さんである。

ともあれ毛布ごと砂金を縛っている紐を外して、俺は彼女を解放した。

ようやく立ち上がった砂金は、こちらに満面の笑みを見せて。

「ありがとっ、カゲくん！」

「うん……まあ、うん」

こんなことで感謝されても反応に窮してしまう。

まあ、本人めっちゃ楽しそうだから別にいいのかもしれないけれど。

砂金は毛布を畳みながら、近くにある椅子に腰を下ろして。

「久し振りだね、カゲくんっ！　元気だった!?」

「元気にはしてたよ。ちょっと忙しくしてたってだけで」

「そっか、よかった！　もう二度と来てくれないのかと不安になっちゃってたよ！」

なんでいちいち発言が重いんだろう。

「そんなことないけど……そういや、廊下とかですれ違うこと一回もなかったな」

教室はすぐ近くなのだから、顔を見てもおかしくはなかったはずだ。

そう思って言った俺に、砂金はこくりと頷いて。

「えへへ、それは大丈夫だよ！　カゲくんに迷惑かけたりしないからね！」

「ん……？　ちょっと何言ってるかわかんないんだけど」

「えっ、だって廊下とかで急に声かけたりしたら迷惑じゃない？」

「――そんなことはないけれど」

「そうなの!?」

砂金は愕然としたように目を見開く。それから、

「ええっ……それならこっちから会いに行っちゃえばよかったよぅ！　あんまりしつこくしちゃって嫌われたらヤダなって思ってたから……。ミナもそう言ってたし！」

「…………」

「だから連絡はやめて待つことにしてたんだけど、カゲくんもぜんぜん連絡してくれないからどうしようって思ってて、もしかしたらわたし何か気に障るようなことしちゃったのかなって不安になって、だけどカゲくんは友達だから信じようってわたし思って……」

「……あの、砂金さん？」

「あっもちろんカゲくんを疑ってたワケじゃないんだよホントだよその証拠にわたしから何も言わなかったでしょ偉いと思うのそうでしょでももしわたしが何かしちゃったんだとしたらそれって謝らないといけないコトだと思うからどうかなって考えてたんだけどでも今日こうやって来てくれたってコトは違うってコトでいいんだよねそうだよねっ!?」

「オッケー、審判！　タイム！」

「そういう制度あるの!?　わかった！」

返事だけはいい砂金(いさご)さんパート2であった。

返事以外は全てがヤバい。俺は水瀬(みなせ)に向き直って、

「審判！　どういうこと!?」

「そういうこと」

「説明になってない！」

「それ以外に説明することないよ」

「本当に!?」

「大丈夫だよ。イサ、景行(かげゆき)さん以外には普通だから」

「だとしたらむしろ不安になってきちゃう！」

「初めての男友達に舞い上がってるだけ。しばらくすれば情緒も安定期に入るよ」

「…………………」

俺は無言になりながら砂金に向き直った。

彼女のほうは自分に向けられた視線の意味がわからないのか、かわいらしくきょとんと首を傾(かし)げてみせる。

……ふと悪いことを思いついた俺は、掌(てのひら)を上に向けて片手を砂金に差し出した。

「カゲくん？」

不思議そうにする砂金に、俺は言ってみる。

「お手」

「こう？」

ぽてん、と砂金は俺の掌に自分の片手を乗っけてきた。

なんの疑問も違和感もなく、どこまでも素直に、当たり前のように。

「やるなよ……」

「あれっ、なんか間違っちゃってた!?」

合ってることが間違ってるというのが答えというところだが。

参ったな……。俺の人生の中で、最も簡単に稼いだ好感度と言わざるを得ない。

「わー……こうして触ると、男の子の手って感じするね」

砂金は興味深そうに、俺の掌をもにゅもにゅと揉み始めた。

楽しそうだから放っておこうと判断して、俺は後ろの水瀬に向き直る。

「砂金がこうなのって俺だけなの？」

「……今のところは。別に景行さんが特別ってわけじゃないけど」

「そうなの？　ならいいけど」

「ならいいんだ？」

「俺だけ特別なよりはいいでしょ……」

呟く俺に、未だに手を揉んでいる砂金が言う。

「えー、違うよ！　カゲくんは特別だよ！　お友達だから!!」

「砂金(いさご)ってほかに友達いないのか?」

そういう奴(やつ)はほかにもいたなと思いながら訊(たず)ねると、砂金は少し迷ってから。

「んー……知り合いならいっぱいいるけど」

「……、なるほど?」

そういう意味ではむしろ、不知火(しらぬい)とは真逆のタイプだな……。

砂金は続けて、

「やっぱり友達は選ばないとでしょ?　誰も彼もってわけにはいかないよ」

「――――」

知らず、俺は無言になる。

――友達を選ぶなんてしたくない。

と、かつて吠(ほ)えていた自分(バカ)を思い出してしまった。

「そうかもしれないな」

だからこそ俺は言った。それから、

「ところで、そろそろ離してもらっていい?」

「あっ、ごめんね!　男の子の手に触るの初めてだったから!」

「……砂金って、彼氏はいたとか言ってなかったっけ」

「そうだよ?　だけどほら、彼氏になるならちゃんと順序を踏んでもらいたいでしょ?」

「……順序?」

「もちろん。付き合うんならしっかり真摯にしてもらいたいじゃない？　遊びの気持ちでやられても困っちゃうからね。あはは……まあ今まで遊ばれてばっかりだったけど！」

「…………………」

「その点、友達なら手を握っても大丈夫だからいいよね！　だから初めてっ！」

いったい砂金の中の基準がどうなっているのか俺にはわからなかったが。

まあ見た目は非常にいい砂金だ。今までそれに釣られてきた男は、いざ付き合ってみて初めて認識の差に気づいたのだろう。砂金が悪いのか、相手の男が悪いのか知らないが。

ちょっとわかってきた。

どうやら俺は男であっても異性としては認識されていない《友人》扱いだからこういう事態になってしまったらしい。

それはそれで謎の敗北感もあったが、結果だけ見れば意外に最善手な気もする。

いや、本当にそうか？　砂金の男友達ってもはや恋人より重くない？　大丈夫か俺？

困惑する俺に向けて、そこでふと水瀬が言った。

「それで景行さん。今日は何用？」

「ん、ああ……実はちょっと頼みたいことがあったんだけど」

ちら、と視線を砂金に向ける。彼女は笑顔で、

「なになに？　わたしにやってほしいことがあるの？　言ってくれれば協力するよ！」

聞く前から了承されるほうが頼みづらいんだけど、わかってなさそうな砂金。

その辺りは、せめて水瀬にバランスを取ってほしいところだ。俺は言う。

「いや、実はちょっと人手を集めててな」

「……人手を？」

首を傾げる水瀬に、俺は頷いて。

「演劇のサークル……いやユニットかな。それを作ることになったんだ」

「そのメンバー集め？」

「そういうこと。まだ具体的なことは何も決まってないんだけど、とりあえずは年度中に一回、公演を打つのが目標って感じか。ただ俺を入れても三人しかメンバーがいなくて」

「なるほど。確かにそれで公演は無理だね。それで人集めなんだ」

「水瀬は話が早くて助かるよ……」

「具体的には何も決まってないんだっけ？」

「そう。だから何をやってもらおうかとかも未定なんだけど、まあ、そこは逆に言うならやりたいことをやりやすい環境だと考えてもらえれば助かる」

「物は言いようだね」

――まったく同感だと俺も思う。

水瀬はこくりと頷くと、一度そこで考え込むように無言で目線を伏せた。

椅子に座っている砂金のほうは、あくまで聞く姿勢なのか笑みを浮かべたままで言葉を発さない。話を聞くのは水瀬に任せているのだろうか。

しばらくしてから、水瀬は顔を上げて。

「それ、発案は景行さんじゃないよね。メンバーは？」

「今のとこ、俺以外には演劇部の押見先輩と、あと同じ学年の不知火って奴なんだけど」

「────────」

知ってる？　なんて愚問を訊こうとした直前で俺は気づいた。

正面に立っている水瀬が、とても驚いたように目を見開いているのだ。

いつも表情の変化が少ない水瀬だから、こんなふうに面食らった様子は珍しい。

疑問に思って振り返ってみれば、砂金もまたきょとんとした表情だった。

「……あー、なんか変なこと言ったか？」

視線を水瀬に戻して訊ねてみれば、彼女はこくりと頷いて。

「すごく」

「そんなにか……」

「一応の確認だけど、それ、B組の不知火夏生さんのことだよね」

「そう、だけど」

「だよね。ほかにその苗字はいないから当たり前だけど」

割と生徒数の多い学校だが、同学年で同じ《ナツキ》ならお互い知っているだろう。

……その割には、樹宮も含めて四人の《ナツキ》には、なんだかお互いに微妙な空気を感じてしまう。例外はそれこそ、目の前にいる水瀬と砂金の間だけだ。

その水瀬に訊ねられる。

「景行さんって、不知火さんと仲がいいの？」

「仲がいいかって訊かれると、どうかな……そりゃ悪くはないとは思うけど」

「ふぅん……。まあ、景行さんならそういうこともあるのかもね」

何かを納得したように水瀬は言った。

やはり微妙なリアクションだ。今度は俺から訊ねる。

「えーと。もしかして、水瀬たちは不知火と、その……折り合いが悪かったりとか？」

「いや、そういう事情は特にないよ。ほとんど話したこともないし」

そうなのか。それはよかった――のかどうなのか。

少なくとも水瀬は、色のない表情のままこんなふうに続けた。

「ただ――これは別に批判したくて言うわけじゃないと思ってほしいんだけど」

「……ああ」

「あんまり評判はよくないかもね」

不知火のことを、もちろん水瀬は言っているのだろう。

咄嗟に反応はできなかった。告げられた俺も、告げた水瀬も無言になる。

「不知火が、何かしたってことか？」

「うーん……どうかな。噂程度のことを、私から景行さんに言うのは憚られるけど」

「…………」

「ただ不知火さんは今年に入ってから、ほとんど誰とも話してないんじゃないかな。まあ私たちが言えた義理もないんだけど、何も言わないのも違う気がするから、一応」

「──というかさ」

と、水瀬の言葉に続けるように砂金(いさご)が口を開く。

彼女は俺の顔を、どこか不思議そうな表情で見つめながら。

「カゲくん、その辺りのことって樹宮(きみや)さんから聞いてないんだ？」

「樹宮から……？」

予想していなかった名前に、俺は思わず目を細める。

なんの話だ？　首を捻(ひね)る俺に対して、一方の砂金は当然の話をするかのように。

「うん。あれ、カゲくんって樹宮さんと親しかったよね？」

「そう……だけど」

「わたしも詳しい事情は興味ないから調べてないけど。中等部のとき、不知火さんがいたグループは樹宮さんが壊したはずだよ。その辺りの確執は結構、有名だったんだけどな」

──そんな不穏な表現が。

砂金の口から出てくることには、もはや現実感がなかった。

「そ、それ、どういう意味だ……？」

「どういう意味も何も、基本的には言葉通りだけど」

「言葉通り、って」

「まあ、アレを敵に回したらそりゃそうでしょって感じなんだけど。この学校でいちばん敵に回しちゃいけない人間を敵に回したから、そのまま滅ぼされたってだけの話かなー」

「…………」

なんだか頭が痛くなってくる。それは本当に学校生活の話なのか？

壊すだの滅ぼすだの、まるで戦国時代の話を聞かされているような気分になる語彙だ。

「要するに——」

と、砂金の言葉を受けるように水瀬が語る。

それは、たとえるならニュースの原稿を読むかのような口調で。

「中等部時代の不知火さんの友達は全員、樹宮さんが退学に追い込んだって話」

「————」

「今も征心館に残ってるのは不知火さんひとりだけだね。不知火さんは、それから周りの人とほとんど関わらなくなっちゃったから……私が驚いたのは、それが理由ってこと」

俺は、不知火と初めて会ったときのことを思い出す。

他人との関わりを頭から拒否するみたいな、頑なで刺々しい態度。

その出どころが、今になってようやく判明したかのような。

「——怖いからねえ、樹宮さんは」

微塵の悪意も窺わせない、ただ事実を語っているという態度で砂金は呟く。

俺が冗談で言うのとはわけが違う、それは本当なら——樹宮名月にはとても似合わないはずの言葉。

「樹宮さんに相応しくないと判断されたら、とてもこの学校にはいられないよ」

相応しくない。

不適格。

それだけの価値がないということ。

呆然と俺は言葉を失う。

——ポケットの中のスマホが、そのとき震えた。

何を考えるでもなく、俺は自然とスマホを取り出していた。このタイミングでの受信で届けられるものが吉報ではないことくらい、察してもよかったかもしれないけれど。

そいつは不知火からのメッセージで。

『どうしよう。ダメになっちゃった』

足元がぐらつくような感覚を、久々に感じたような気がした。

3

「ああ、どうしよう……！　どうしたらいいかなあ、景行ぃ……!?」

寄宿小屋で待ち合わせた不知火は、頭を抱えながら呻いていた。

逆に幸いだったのは、その露骨に狼狽える不知火の姿で俺のほうが冷静になったこと。

「落ち着け不知火。そんでまず事情を教えてくれ」

「あ、う、うん。そうだよね。ごめん、ちょっと取り乱しちゃって……」

「大丈夫だ。聞いてるから」

「うん」

こくりと小さく、不知火は頷いて。それから、

「……ありがと。ほんと、意外と優しいよね、景行って」

「………………」

「あ、ご、ごめん。意外ってのは失礼だったねっ」

「――いや。それより、ダメになったってなんの話だ？」

「あっ、そ――そう！　あのね、なんか……座組作っちゃダメなんだって」

「何……？」

「集会禁止、みたいな？　そういうふうに言われちゃって……」

「誰から？」

「生徒会から」

「――――――」

どうにも納得しづらい話だ。いろんな意味で。

思考を動かすことを止めないように注意しながら、俺は話の続きを促す。

「理由は？」

「いや、……その。厳密にはわかんないけど」

「けど？」

「……たぶん、わたしがいるから、かな？」

「意味が……俺には、わからないんだが。なんで不知火がいたら駄目なんだ」

「問題児だからかな……あはは、自分で言うのもなんだけど。割とグレてたし？」

「不知火が？」

「うん」

小さく不知火は頷いたが、だとしてもやはり意味不明だ。

集会禁止って……そんな学生運動でもやるってわけじゃないのに、なぜそうなる。

「まあ、別にそれはいいんだけどね……」

小さく、不知火は首を振る。

どこか諦めたような口調だった。

「ただ、せっかく先輩に誘ってもらったのに、これはちょっと申し訳なくて……もちろん景行にもだけど。ごめんね？　わたしのせいでこうなっちゃって」

「いいよ。謝られるほうが困る。ただ話の流れがわからないってだけだ」

「……それは……」

「なあ、心当たりがあるなら話してくれないか？　なんでそんなことを言われる？」

そう告げると、不知火は言いづらそうに俺の顔から視線を逸らした。

やはり何か話しづらい事情があるのか。言葉を待つ俺に、不知火はか細い声音で。

「……言ったら嫌われちゃうから、言いたくないんだけど」

「………」

「でも仕方ないよね。わかった、言う」

わずかに震えていた不知火の声音が、今はもうはっきりと響いていた。

だがそれは覚悟を決めたからとか、決意を固めたからというわけじゃないのだろう。

——単に、不知火夏生の演技力が高すぎるというだけで。

「嫌わないから安心しろ」

だから俺は言った。不知火は顔を上げて、

「……うん」

「いや信じてないだろ、お前。別に何聞かされても嫌わねえよ。絶対だ」

「……なんでそんなこと言えるの？」

「——」

一瞬、俺は答えを言い淀んだ。

嘘や建前だったから、というわけじゃない。むしろ逆だ。

俺はなんの計算もなく、ただの本心で今の言葉を言ってしまったからだ。

——自分がまったく成長していないと思い知らされてしまう。

それでも、俺は言葉を重ねた。

「どうせ不知火は俺に嫌われるようなことしてねえよ、というのが一点」

「な、何それ……」

「もう一点は単に苦手だからだ。——人を嫌いになることが」

「………」

驚いたように、不知火はきょとんと目を丸くした。

それから数秒あって、彼女は噴き出すように相好を崩して、肩を揺らした。

「何それ。なんの根拠でもないだろ。人間、できることとできないことがあるって話なんだから」

「そうでもないじゃん」

「そうかもね。……わかったよ、じゃあ信じる。わたしも同じだから」

「同じ？」

「……苦手なんだ、人を嫌いになるの。今からするのは、そういう話だから」

ひと息。

間があってから不知火は言った。

「わたし、実は人と付き合うのって苦手でさ」

「いや知ってるけど」

「うるさいなあ……いいけど。まあとにかく、それでこの学校に入ったときも、友達とかぜんぜんできなくて。中一の頃とか、ずっと浮いてて。まあ仕事してたせいもあるけど」

「……それで？」

「いや、だけどそんなわたしにも友達ができました、って話なんだけどね。仕事を減らすようになった頃くらいかな、声をかけてくれるようになった同級生が何人かいたの」

「……いい話じゃん」

「そうだね。友達だからご飯奢ってとか、友達だから芸能人紹介してとか、まあそういう感じで、晴れてわたしにも友達ができたのです」

「おい……」

だとしたらぜんぜんいい話じゃないし友達でもなんでもない。

自然と表情を顰めた俺に、不知火は薄く首を振った。

「だとしてもわたしは嬉しかったから。都合よく利用されてるのわかってても、わたしにとって友達であることは変わらなかったから……。まあ、そういう話」

「………」

「この学校にもそういう子たちがいて、たぶんいい子たちではなかったってことなんだと思うけど、わたしは別にそれでもよかった。友達がいるってだけで、充分だった」

——気持ちがわかる、なんて安易には言えないけれど。

ただ自分でも思い当たるような記憶はあった。

たとえ都合よく利用されていても、相手にとって自分が友達ではなくとも——それでも価値がないと判断されるよりはよほどいいと、思っている時期は俺にもあった。

『景行くんは優しいからね』

と。それが景行想と付き合うメリットだと思われていたのなら、そうあるべきだって。

「それから？」

続きを訊ねた俺に、不知火は頷いて。

「まあそんな感じで見事にわたしは問題児グループの仲間入りをしまして」

「なるほど……」

「だからってわたしに悪いことするような勇気なかったから、言うほどぜんぜん仲間でもなかったんだけどね？　本当、たまに遊ぶお金がなくなったら呼ばれてたというか。もうナチュラルにＡＴＭだったというか。今にして思い返すとちょっと泣けてくるというか」

ふっ……と妙に哀愁漂う乾いた笑いを不知火は零す。

なかなか堂に入った枯れ具合いだった。これは演技ではないのだろう。

いずれにせよ、今はそうやって冗談にできるくらいなら、まだ救いはある。

「そんで結果、いろいろ問題起こしてみんな退学……というかまあ、転校になりましたという話です。それでおしまい。全部がもう終わった話なんだよね、これ」

「…………………」

「わたしは別に何もしてなかったからなんの処分もなかったけど。その代わり、わたしと話してくれるような相手もいなくなりました……と。あとに残ったのは不良の仲間だったけど、ひとりだけ学校に残った女……。今さら友達なんてできるはずもなく、ですよ」

「それをやったのが、……もしかして樹宮か？」

俺のその問いを、こくりと不知火は肯定する。

「みたいだね。実は詳しくは知らないんだ。全部わたしとは関係ないところで進んでた話だったから。わたしが知らない間に樹宮さんが学校側に問題提起して、いろいろ話し合いとかあったみたいだけど、最終的には穏便に転校になったとかなんとか。まあ実質的には退学と変わりないんだけどね。樹宮さんが、みんな追い出したことは事実だから。それがちょうど中等部三年の最後だったってわけ」

「……なるほど」

いろいろと繋がってきた感じだ。

不知火の『この学校に友達いない』という言葉の真意や、砂金たちから聞いた『樹宮が壊した』という言葉の意味。それらの種明かしをされたような気分だった。

「でもその割には不知火、最初から人を遠ざけるような真似ばっかかしてなかったか？」

「そういうつもりじゃなかったけど……いや、結果的にはおんなじことか」

「――なんでなんだ？」

「だって――」

不知火は、特に気負うでもなく。

当たり前のように、こう言い切った。

「いなくなったとしても、みんな――わたしにとっては友達だったから」

「……それは、」

「それを否定して、いなくなったから新しく友達を作りました、なんて割り切れないよ。そんな打算で友達を考えたくない。今までいた人たちを、無視はしたくない」

「――――――」

思わず、俺は絶句した。

立ち直るのに少しだけ時間を要して、なんとか俺は不知火に問う。

「まさかお前、それで……それが理由で、あんな態度の悪い演技してたってのか？」

「そうだよ。わたしは忘れてないって、それで証明しようと思ったから。みんながここにいたこと、わたしだけでも覚えてるって示さなきゃって思って……それだけ」

「ぶ、不器用すぎるだろ、不知火……つーか馬鹿だろ⁉」

「うるさいなあ！　わたしだって正直そうだと思ってたけど‼」

恥ずかしそうに不知火は叫ぶ。

俺も叫んだ。

「だってそうだろ！　似合いもしないスレた態度取ってた理由が、それって……！」

「……わたしは納得してないんだよ」

「納得？」

「だってそうでしょ？　そりゃ、確かにみんな、あまり褒められた感じではなかったかもしれないけど……だからってそれを排除してなかったことにして、それで解決なんて……そんなふうに放り出されたって、わたしは納得できなかった」

「………」

「だから、せめてわたしだけでも覚えてようと思って、ここの鍵も貸してもらって……」

「鍵もそれが理由なのか？」

「え。だって、こういうふうに溜まり場があると不良っぽいかなって思って」

「いや解像度ひっく……」

「ううう、うるさいなあっ!?」

「てか誰も溜まってないじゃねえかよ。お前だけじゃん」

「うるさいって言ってるでしょ!?　いいじゃん、景行は来てるんだから！」

「俺は不良じゃねえよ。……お前もだいぶ違うけど」

「どーせ不良の才能ありませんよーだ、景行のばーか……、いじわる」

恨みがましく、不知火は細い目で俺を睨んだ。

けれどすぐに目を伏せると、それから小さく首を振って。

「……本当、そんなことわかってたんだけどね」

「不知火？」

「こんなことしてても意味ない、って。みんな……誰もわたしのこと友達だとすら思ってなかったし、悪いことしてたのは事実みたいだし。退学処分にされなかっただけ、むしろ樹宮さんは温情あったってこともわかってる。悪いのは……わたしだ」

「………」

「それでもわたしは、話してもくれないクラスメイトや、陰で悪口を言ってくるような人たちより、……話しかけてくれる人がいることのほうに救われてたから」

「……理屈は、わからなくもないけど」

「ありがと。……だけど、それでこうして押見先輩に迷惑かけてるようじゃ意味ないね」

「それはそうだな」

と俺は言う。慰めのように否定を口にする意味はないだろう。

不知火がやっていることに意味はない。それこそ、不知火自身にとってさえ。

彼女は顔を上げると、それから俺の目を見て、まっすぐに口にした。

「うん。……だから大丈夫。どうにかするよ」

「どうにか？」

「せっかく先輩が誘ってくれたんだし。生徒会に、どうにかできないかお願いしてみる。なんとかなると思うんだよね。だって劇をやるだけなんだから、悪いことじゃない」

「……そうか」

「うん。だから、これから生徒会にお願いしに行ってみる！」

意を決したように告げる不知火。

その姿は、どうしようと泣き言を送ってきたときの姿とは違って見えた。

俺が何をせずとも、どうやら自分で立ち直ったらしい。だから俺もまた笑って、

「今から生徒会室に行って誰かいるもんなのか？」

「……え。知らない……いないのかな？」

「お前って、だいぶいつも見切り発車で暮らしてるよな……」

「うぐ」

――ひとまず、不知火が余計なことをしないように出鼻を挫いておいた。

そんな直球でどうにかなるなら世の中は楽だ。戦うなら先に勝算を作っておきたい。なにせ相手の手強さなら、さきほど嫌というほど教えられているのだから。

俺は言う。

「そんな行き当たりばったりで行動すんな。戦いってのは、打算があってやるもんだ」

「……そんなこと言われたって、ほかに方法なんてなくない？」

「そういうことはまず全部を考えてから言え」

「考えたよ！　考えたけど、これは、わたしが自分でなんとかしないと――」

「それがもう考えられてないってんだよ。――俺がいるだろうが」

「――え、」

驚いたように、不知火は目をぱちくりとさせて俺のことを見つめた。

手伝ってもらえるなんてことは、ほんの一瞬だって想像していなかったみたいに。

――そんな奴を、放っておけるわけないってのに。

「心配すんなよ。俺が協力してやる。俺だってメンバーのひとりだし、当然だろ？」

「で、でも……だって、景行(かげゆき)は、」

「関係ないなんて言うなよ。誰も関係してくれないトラウマでここまで来てんだそもそもこちとら。ある意味、俺はお前より人間関係に飢えてると言ってもいいね」

無論、そんなことはそれこそ不知火には関係のない話だが。

だとしても今さら言いっこなしだ。言ってしまった以上は後戻りできない。

「やりたいんだろ、劇？　普通の青春がしたいとか言ってたよな」

「う、うん……」

「だったら俺が協力してやる。お前がやりたいことは、これから全部、俺が叶(かな)えてやる」

「────…………！」

呆然(ぼうぜん)と、不知火は目をまんまるに見開く。

それでいい。あくまでも、これは俺にとっては打算なのだから。

生徒会からの依頼のためにも、不知火には公演を成功させてもらいたい。そのためには俺が直接、協力できるほうが都合はいいのだから。ほら、何も間違ってなどいない。

「居場所、きちんと作ってやるよ。それでいいだろ、不知火？」

「……う……」

まっすぐ見つめた彼女の瞳が、わずかに潤むように震えるのが見えた。

けれど彼女は、決して涙を流すことなく、こちらをまっすぐに見つめ返して。

「本当に、手伝ってくれるの？」

「そんなことをいちいち確認するほうがどうかしてる」

「……知らないよ。友達いないんだから」

「代わりに俺がいるって言ったろ。ひとまずそれで手を打っとけ」

「自分で手を打てって……結構恥ずかしいこと言うよね、景行って」

「いいや何も恥ずかしくないね。友達のために何かをするなんて当然なんだ、本来は」

「友達、かあ。……そっか」

小さく、不知火は微笑を見せて。

それから言った。

「ん。……今はそれでもいいや」

「そりゃどうも。今だけでも友達と認めてくれてありがとよ」

「……別にそういう意味じゃないんだけど……」

「あん？」

ふるふると首を振り、それから不知火は顔を上げて。

「ううん、なんでもない。……ありがとね、景行」

花が咲くように、陽が昇るように——不知火は嫋やかに微笑んだ。

その顔に思わず息を呑む。かつて《天使のような笑顔》だと、そういえばテレビでよく言われていたっけ……と、そんなことをふと、意味もなく思い出していた。

目の前にいるのが目も眩(くら)むような美少女であることに、今さら俺は気づかされる。

「——ううむ」

と。そんな声が、背後から聞こえてきたのは直後のことで。

咄嗟(とっさ)に振り返った俺と、「わっひゃあ!?」と叫ぶ不知火(しらぬい)の目の前。

「そういう瞬間を初めて見てしまった」

「どぉして声出しちゃうかなミナぁ!?」

窓越しに、そんなことを言うふたりの姿が見えた。

「……覗(のぞ)いてやがったのか」

小さく俺は言う。砂金(いさご)は焦ったように、

「どうしよう!? バレちゃったよ、ミナ!?」

「もともと隠れてないから、私」

「どぉして!?」

——そういえば俺も同じところから、覗きを敢行したことがあったっけ。

まあ、隠れ潜んでいるつもりだったほうはともかく、気づかれるとわかった上で平然と声をかけてきたほうは、とりあえず悪びれるつもりもないようで。

「ところで。手は必要かな、景行(かげゆき)さん?」

「……そうだな。実は俺からも頼みに行こうと思ってたところだよ、水瀬(みなせ)」

「ふむ。だそうだけど、どうする、イサ?」

「もちろん！　カゲくんの頼みだったら答えは決まってるよ！」

「……そうだね。だって――」

水瀬は小さく頷き。

砂金は満面の笑みを見せて。

「めっちゃ面白そ――」

「――友達だからね！」

「あ。うんそれ、そういう理由。友達だからね私たち」

「いや、出ちゃってるから、本音。水瀬は」

――ともあれそれが。

現状、俺にとって最も必要な二枚の切り札であった。

4

「恥ずかしいとこ見られてたあ――っ!!」

と、呻く不知火のことはひとまず放置することにして、砂金と水瀬を招き入れる。

「ついて来てたんだな？」

訊ねると、水瀬はこくりと頷きを作って。

「そりゃ、あんなふうに飛び出して行ったら気になるから」

「だからって隠れてることなかったと思うけど。いや隠れてなかったか……」

「それはイサが」

「わ――っ!?」

何ごとか水瀬が言いかけたところで、押し留めるように砂金が叫ぶ。

そんな砂金を、水瀬は片手で押さえつけて普通に話を続けた。

「イサが、バレたら嫌われちゃうってうるさくて」

「なんで全部言うのぉ!?」

水瀬と砂金の力関係も謎だよなあ、とか思う俺。

そんな俺の顔を狼狽えるように覗きながら、あわあわと手を振って砂金は言う。

「ち、違うんだよカゲくん？　違うの」

「いや別に大丈――」

「本当はもうちょっと窮地に陥ってから颯爽と現れたかったんだよ！」

「――じゃないね。だとしたら間違いであってほしかったわ」

「あれっ!?」

思うところがないわけないが、まあ手伝ってくれるというのだから今は流そう。

機嫌を損ねてしまうほうがむしろ厄介だ。俺は軽く手を振って言った。

「別に嫌わないから。なんなら話が早くて助かる」

と、水瀬が視線を不知火に注いで。

「まあ、不知火さんは聞かれたくなかったみたいだけど」

「それは不知火の落ち度だから大丈夫」

「か、景行(かげゆき)はわたしの味方じゃないわけ!?　なんかどんどん扱いが悪化してない!?」

「………………」

「無視しないでっ！　心折れちゃう!!」

メンタルの豆腐っぷりは何も成長していない不知火であった。

ともあれ、俺は話を纏(まと)めようと水瀬と砂金に向き直り、まず訊(たず)ねる。

「で、ふたりはどこまで聞いてた？」

「ほぼ全部」「うん」

「オーケーいい度胸してる。じゃあ話の肝だが、要は座組(ざぐみ)を組む許可を得ることだ」

不知火の話では、生徒会から不知火に対して否が出たということらしいが。

と、ふとそこで砂金がこんなことを言った。

「カゲくん。その前提って崩れないの？」

「ん、――というと？」

「別に学内で組まなければいいだけなんでしょ？　それなら学外でやる分には困らないと思うんだけど、それじゃダメなの？」

「……お、おお。意外と鋭い視点出すな……」

まさか水瀬ではなく、砂金のほうからそんな言葉が飛び出してくるとは。

「だって目的は演劇だよね？　だったら課外活動として個人でやれば済むかなって」

「……そうだな。正直なところ、そういう手段も考えられなくはない」

単に《押見先輩と不知火が公演を打つ》という一点だけを重視するのなら。

話はそれで解決だ。学外で行う活動にまで、生徒会の権限は及ばない。

もちろん、それはそれで真っ向から生徒会側の決定に反することになってしまう。

何よりそれ以上に——できれば、それはしたくなかった。

「でもまあ、却下だな。それじゃ意味がない。ただ公演を打つだけが目的じゃないんだ」

少なくとも、それが押見先輩の意向に沿わないことは確信できる。

そもそも学外で役者活動を行っている押見先輩が、その程度のことを考えていなかったはずがない。ただ役者として誘うだけなら、それこそ先輩が所属する劇団でもよかった。

かつて演劇部に、不知火の居場所を作ってあげられなかった押見先輩にとっては。

——あくまでこの活動は、学内で行うことに意味があるはずだ。

「そうだろ、不知火？」

「え？　ああ、うん……そうなのかな？　わかんないけど」

「そうなんだよ」

どうも当の不知火本人には、あんまり伝わっていないみたいだが。

俺の口から話すような野暮ができるはずもなし。知らないくらいがむしろいいか。

「ま、というわけで、あくまで学内の活動としてやることは前提にしたい」

「そうなんだ。ご、ごめんね？　的外れなコト言ったみたいで」

「いや、考えてみれば当然の疑問ではあった。意見はどんどん言ってくれると助かる」

恐縮そうに肩を縮こませた砂金(いさご)を、フォローするように俺は告げる。

俺はこの学校に対しての知識がどうしても薄い。そこは砂金たちに頼りたい部分だ。

逆に俺は、俺だけがわかっていることを武器にしていけばいい。

「ちなみにどうなんだ？　こういうふうに、生徒会から活動を制限されるってのは割とよくあることなのか？」

三人に向けて訊(たず)ねてみると、これは水瀬(みなせ)が答えてくれた。

「いや、そうそうないと思うけど」

「そうなのか……まあ、そうだよな」

「私も高等部に上がったばっかりだから確実なことは言えないけど、もともと征心館(せいしんかん)って生徒の課外活動は積極的に推進する校風だし」

「入試からして一芸特化だしな……。俺も入学前はそう聞いてた」

「そりゃ、活動内容がよほど良識に反してれば止められるとは思うけど、大抵の申請ならまず通るって聞いたことがある」

「そうか……いや待て、申請って言った？」

咄嗟(とっさ)の反応で言葉を繰り返す俺。水瀬は小さく頷(うなず)いて、

「言ったけど」

「校内活動ならそりゃ申請はいるだろうけど……俺たちってそもそも申請出したのか？」

不知火（しらぬい）はわずかに目を細めた。

「え、どうだろ。わたしはやってないけど」

「だよな。もちろん俺もやってない」

「先輩が申請やったのかな？」

「……いや」

スケジュールもメンバーもまともに決まっていない段階で、学校側に申請を出しているとは考えにくい。一応、あとで念のため先輩に確認しておきたい部分ではあるが……。

「もし先輩が申請してＮＧ出たんなら、その連絡も普通は押見（おしみ）先輩に行くだろ」

「ああ、確かに……わたしにダメって言ってくるわけないか」

「まだ申請もしてないのに、先手を打つ形で不知火にＮＧが出てるわけだ……、不知火」

「えっ、うん？」

「その連絡って間違いなく生徒会から来たものか？」

「そ、そうだと思う……けど。副会長からじきじきに呼び出されたし」

副会長というと、つまり駿河（するが）九（ここの）先輩か。

あの冷静そうな先輩を崩すのは結構な骨という気がするが、……にしてもおかしい。

そもそも俺には、不知火から話を聞かされた時点で大きな疑問があった。

——生徒会が不知火の活動を邪魔してくるとは考えにくいことだ。

なぜなら、それでは俺が生徒会から請けた依頼と完全に反してしまう。

生徒会にとって、不知火が演劇に——持ち前の才能に力を注いでくれるのなら、むしろ好都合なはずだ。邪魔するどころか、逆に諸手を挙げて応援するべきである。

これをどう捉えるべきなのか。

俺への依頼に嘘があって、本当は生徒会は、初めから不知火が活動をすることに否定的立場だった？　いや、それはない。だとしたら俺を呼ぶ意味が初めから存在しなくなる。

というか仮にも生徒会が、生徒の自主的な活動を阻害したがる動機がないだろう。

ならば会長と副会長の間で、こちらの与り知らない方針の齟齬があったか？

活動推進派である会長とは違って、副会長は否定派だった。だから独断で不知火に対し生徒会権限で活動の制限をかけた……いや、たぶんだがそれもないだろう。

そんなことをしたって、いずれ会長にバレるだけだ。ほとんど意味がない。

禁止令は間違いなく生徒会から出ているが、それは生徒会の方針には反している——。

それこそ矛盾しているようだが、こう考えるのが最も辻褄が合った。

「……となると、これは……」

小さく、言葉にして零す。

——問題は、これをどうやって三人に伝えるかだ。

俺の思考の道筋を語る場合、素直に話すなら生徒会からの依頼に触れざるを得ない。

だができればそれは避けたかった。

これから協力してもらおうというのに、実は君たちに近づいたのは生徒会からの依頼があったからなんだぜ――などとぬかすのはあまりにも聞こえが悪すぎる。

実際はそれだけじゃないんだが、そんなことを言ったところで伝わらないだろう。

どうするか。

『いなくなったとしても、みんな――わたしにとっては友達だったから』

さきほど聞いた、不知火（しらぬい）の言葉が脳裏でリフレインした。

……正直、この言葉は刺さっている。

ずっと同じようなことを考えて、ずっと同じように都合よく使われていた馬鹿を、俺は誰よりよく知っている。だが今その馬鹿は反省して、打算を武器に使えるようになった。

正直に、不器用に、まっすぐ愚直に他人を信じることは正義じゃない。

それがいつか立ち行かなくなるということなら、これ以上なく思い知らされていた――

けれど。

「――ねえ。思ったんだけど、それって本当に生徒会が決めたことなのかな？」

迷う俺の意識を掬（すく）い上（あ）げる声が、ふと鼓膜を揺さぶった。

砂金（いさご）だった。

「それは……どういう意味だ？」

どうやら俺と同じような結論に、砂金も達しているらしい。

彼女は「んー」と唇を尖（とが）らせて、それから言った。

「いや。そもそも生徒会にそんな権限なくないかな?」

「……えっ。ないの?」

思わずぽかんと口を開いてしまった俺に、砂金はふるふると首を振って。

「いや、ごめん。あると言えばある」

「どっちだよ……」

「あるにはあるけど、独断ではそうそう行使できないって話」

「……?」

言葉の意味が掴めず、俺は首を傾げる。

驚いたことに、わかっていないのは俺だけじゃなく、不知火や水瀬も同じようだ。

ただ砂金ひとりだけが、まるでごく簡単なことであるかのように語った。

「まず生徒会が不知火さんに『グループを作っちゃダメ』と命令する権限があるかどうかだけど、これはある。でもその命令に大きな実効性があるかと訊かれれば割と微妙だよ」

「……そうなのか?」

「そうだよ。破ったところで何があるわけでもないでしょ。まあ確か講堂や体育館の利用申請は生徒会管轄だから拒否できるだろうけど、それだって抜け穴はあるよね」

「…………」

「でなくとも止められた側には、生徒会を飛び越えて学校に――まあ要は教職員レベルに問題を挙げることもできるわけじゃん。そのとき、生徒会には相応の正当性が求められることになるよね。教師の鶴のひと声で『生徒会側が間違っていた』と言われかねない」

「まあ、そう言われれば……」

「この件にそれがあるかって考えれば微妙……っていうか普通にないでしょ。少なくとも生徒会サイドが単体で用意できる理屈がない。そんなことを、生徒会はわざわざしない」

それは換言すれば。

生徒の活動を止めようとするのなら、生徒会も相応のリスクを負うという話か。

「ウチの会長はそういうタイプじゃないだろうしね。無駄なリスクを負ってまでわざわざ止めようとしていること自体、わたしには生徒会が自主的に望んだ展開に思えないかな」

「……だとすれば」

「うん。真っ先に思いつくのは、――外部からクレームが入った場合かな。それなら生徒会側に対応責任ができるし、仮に問題が上に上がっても対立先はクレームの主になる」

それは確かに、筋の通った話であるように聞こえた。

俺が考えていた真相とも矛盾していない。これならその傍証になる。

ただ、それが砂金(いさご)の口から出てきたということ自体が、俺にとっては驚きポイントだ。

「……頭よかったんだな、砂金って……」

聞きようによっては失礼なことを言った俺だが、砂金は気にした様子もなく。

「え。いや、そんなことないけど。成績ならミナのほうがずっと上だよ？」

「イサは、こういうことは得意だから」

砂金の言葉を受けるようにして水瀬(みなせ)が言った。

「こういうこと、って……」

「人を使うとか考えを読むとか、そういう類いのことかな。本当はイサの本領はそこじゃないけど……人の上に立つのは得意だから、そういう人の考えなら割と読める」

「……なんで？」

もはや疑問が先行してしまう俺だった。

それに応えたのも、やはり砂金の隣にいる水瀬のほうで。

「砂金って珍しい苗字(みょうじ)でしょ」

「え？　ああ、まあ……そう言われれば」

「ほかで聞いたことない？」

「どうだろ……芸能人とかか？　ないと思うけど――」

「ううん、――たとえば政治家とかで」

それを聞いて、俺は思わず砂金の顔を見た。

当の砂金はといえば、視線を俺ではなく水瀬のほうに向けながら、

「ああっ!?　それカゲくんには言わないでほしかったのに!!」

「現職の国会議員の娘なんて、いずれ気づかれることでしょ普通に」

「か、かもしれないけどぉ……！」

そういえば聞き覚えがあったかも、と俺は今さらのように思い出す。

フルネームまでは知らないが、確か砂金って議員は、今の内閣の大臣クラスじゃ……。

「め、めっちゃイイトコのお嬢様じゃん……！」

しかも政治家の娘とか。いくらなんでも予想外すぎる。

思わず唖然としてしまう俺に向けて、水瀬は続けるように言う。

「今の一年の代で、能力的に樹宮さんを敵に回せるのはイサくらいだから」

「ま、マジでか……」

「いやまあ、成績も運動能力も基本コミュ力も礼儀もメンタルもだいたい負けてるけど」

「ミナ！　ミナ！　それ言わなくてもよくないかな!?」

「なんならその辺の一般人にも負けてるけど」

「ねえカゲくん、ミナが酷いよ!?」

「でも大丈夫。おっぱいのサイズなら勝ってる」

「そっか！　ならいっか！　とはならないかもだよねそれっ!!」

いつも通りアホなことしか言っていない砂金だったが。

なんというか、さすがに少し見る目が変わりそうになった気がする。

結果まあ変わらなかったが。普通に喋っている分にはやっぱり残念さが目立つし。

「――おほん。まあとにかく話はわかった」

気を取り直して俺は言う。

いずれにせよ砂金の見解は俺のものと近い。前提にしていいだろう。

「それならやりようはあるはずだ。——砂金の言う《クレーム主》がいるとすれば」

ひと息。

その名前を口にする。

「たぶん樹宮だ。それ以外に考えられない」

俺はそこで言葉を切ったが、三人とも疑問には思っていないらしい。

どうやら全員、同じ名前を想像していたようだ。ならば、と俺は言葉を続ける。

「まあ、そもそも俺がこの話をしたの、樹宮だけだからな」

「じゃあ明らかだね」

水瀬が言い、それに続くように不知火も頷く。

「うん。わたしも誰にも話してないから——」

「いやお前はちゃんと勧誘しろ」

「今それ言わなくってもいいじゃん、ばかっ！」

「——とにかくまあ、それがわかれば充分ではある」

いや。話を聞いた時点で、そんなことをする奴は樹宮しかいないとは思っていた。

そして同時に、だとすればわざわざ樹宮を敵に回さなくてもいいとも俺は考えていた。

こんなものは初めから勝ち戦である。

要は生徒会に対して、樹宮のクレーム以上の価値をこちらから提供すればいいだけの話だからだ。そのための手札は、砂金と水瀬の協力を勝ち取った時点で確保できている。

俺はこの三人との協力関係を、仕事の成果として生徒会に提出すればいい。

おそらく、その時点で生徒会からの禁止令は撤回される。樹宮ひとりに対し、こちらが三人なら計算において上回るからだ。単純な算数。小学生でもわかる程度の、数の暴力。

なんて。

そんなふうに、思っていたんだけどな……。

「仕方ない。樹宮を説得してくるか」

「……できるの？」

と、不知火に訊ねられた。

まるで不可能だと知っているかのように。

「樹宮さんが一度言ったことを撤回するとは思えないよ。ただでさえ嫌われてるし――」

「関係ない。――やる」

「え……？」

きっとこれは、本当ならする必要のない行為だろう。

樹宮のことは無視しても構わない。俺たちの目的はそれでも達成できる。

あくまで打算で考えるなら、わざわざ無駄な説得をしに行く必要なんてないのだろう。

そして俺は、そういうふうに過ごすためにこの学校を選んだはずだった。

――だとしても。これはもう、俺ひとりだけではなく不知火にも関わる問題だ。

なんて、本当はそれも言い訳に過ぎないのだけれど。

「さっき不知火が言ってたことだろ」

「わたしが……？」

不知火は不思議そうに首を傾げた。

だから俺は、思い出させるように言葉を真似て。

「不知火は、――俺にとっては友達だからな」

「…………っ！」

「せっかく劇をやるんだ。まあ俺が舞台に上がるわけじゃないけど、どうせなら樹宮にも観てもらいたいからな？　メンバー集めは進んでないけど、お客さんなら集められるし」

「いいね、それ」

と。小さく水瀬が言った。

「すごく、景行さんらしいと思う」

「そう？　それはどうも」

まったくもって。水瀬は、俺のことなんてほとんど知らないはずなんだけど。

その水瀬に『らしい』と言われてしまっては、俺としては本当に立つ瀬がなかった。

――打算のない感情論なんて、本当は言うべきじゃないのだから。

「いいの、それで？」

小さな声で、砂金が問う。

その目は不思議なものを見るように、けれどまっすぐこちらに注がれている。

俺はまっすぐ頷いた。

「ああ。それでいい」

「そっか。まあカゲくんがいいならいいんじゃないかな」

「そりゃどうも」

言って俺は最後に不知火へと向き直った。

「任せてくれ。お客さんをひとり増やしてくるから」

「…………」

不知火は何も答えなかった。

まあ、別に構うまい。友達と友達にはなかよくしてほしい——なんて、俺から言うべきじゃないのだから。そんな願望は表に出さず、心の中で消化しておくべきものだろう。

「さて。それじゃあ、——計算開始と行こう」

5

計算は大事だ。それが《仕事》である以上は。

まあ今回は別に仕事じゃないが、こなすべきタスクがあることを考えるなら、基本的な動き方は変わりがない。いつだって、成果とは目に見える数字として出すのが好ましい。

——なにせ相手は樹宮名月だ。

俺は、あいつほど《他人から好かれる》ことを得意とする人間を知らない。

誰に訊いたって、樹宮のことを悪く言う奴などいない。ただ誰にでもいい顔をしているだけなら話は単純だが、樹宮は敵に回した生徒を退学させたなんて実績まで持っている。

砂金と水瀬曰く——これは去年も征心館にいた生徒ならみんな知っている話らしい。

つまり、俺以外は誰もが知っているわけだ。

まあ実際には《退学》ではなく《転校》らしいが、裏から手を回したのが樹宮であると誰もが知っていて、その上で誰もそれを気にしていないのだから大したものだと思う。

それは、少なくとも俺には逆立ちしたってできない芸当だった。

好かれることができる樹宮と、
嫌われないことしかできなかった俺。

それをレベルの違いだと割り切るのは単純だったが、そう考えていては勝ち目がない。

あくまでも、それはできることの違いだと割り切るべきだ。

「というわけで一応、なんとか戦略は練ってきたわけなんだが……」

「なんだか不安そうだね、景行さん」

小さな呟きを、隣に立つ水瀬が拾い上げた。

——あれから一日経った翌日。放課後。

組み立ててきた公式を砂金と水瀬に発表して、あとは代入するだけなのだが。

「なあ、本当に砂金で大丈夫なのか？」

なんだか不安になってきた俺は、隣に立つ水瀬にそう訊ねた。

彼女のほうは、いつも通りの無表情だ。透き通るような声音で水瀬は言う。

「ほかにいないから。これは不知火さんじゃダメだし、かといって景行さんでもダメ」

「……水瀬は？」

「大丈夫だからイサを信用してあげて。珍しくやる気なんだし、景行さんのために」

「それは……ありがたいけどな」

これは、言うなればダメ押しのための一手だ。

生徒会の説得は、俺の読みでは砂金と水瀬を味方につけた時点で達成可能なはず。ただ樹宮がどうやって生徒会を動かしたのか定かじゃない以上、念には念を入れておきたい。

とはいえ、これがコケたらプラスがないどころかマイナスになり得る。

全ては実行役である砂金の手腕にかかっているのだが――。

「ほら、戻ってきたよ」

水瀬が言った。

その視線の先では、こちらに手を振る砂金が廊下の先から戻ってきていた。

「やったよ、カゲくん！」

「お、行けた？」

「うん。とりあえず持ってったのは全部捌けたよ」

「――いやスゴっ!?」

予想以上の成果報告に、思わず俺は目を丸くする。

驚いていないのは、隣に立つ水瀬だけだ。

「ね？　イサに任せて正解でしょ？」

「お、おう……やるな、砂金……」

「えー、そうかなー？　別にお金取るわけでもないし、このくらい余裕だよー」

あっさり言う砂金ではあったが、同じことが誰にでもできるとは俺には思えない。

知らず感心する俺だったが、砂金のほうは実に当たり前だという態度で。

「それで、用意したチケットはあと何枚だっけ、カゲくん？」

「砂金が捌いてくれたのが二十枚だから、ひとまずあと三十だな」

「五十枚しか刷ってないんだっけ？　この学校の講堂広いからもっと行けたのに」

「とりあえず程度に考えてたからな……実際どのくらいの規模感かもまだ決めてないし」

そう。俺が用意した策とは、つまりがこの観劇の予約チケット発行だった。

――座組が決められないのなら先に観客のほうを用意してしまえばいいじゃない。

非常にわかりやすい、数字として計上できる《成果》である。

裏方どころか演者も演目も、日程も場所も何ひとつとして決まっていない――それでも
パソコンでチケットを作ってプリンターで刷るだけなら一瞬で可能だ。

あとはそれを捌いてさえしまえば、この先どうなろうと《観客は集まった》という形の

あるひとつの実績だ。たとえ内情がペラ紙をばら撒いただけに過ぎなかろうとも。

実際、それでも一種の予約である以上、何も簡単に貰ってもらえるわけじゃないのだ。

料金を取るわけではない以上、たとえばチラシを刷ってそこに半チケを載せておく的な手も可能だったが、それでは百枚配ったところで、観客が百人入りますとはならない。

あと、そもそもチラシに載せる内容がない。

——なんなら不知火が出ることは載せたくないまである。

だからこそ、不知火ではなく砂金に窓口を頼んだという流れだった。

「じゃ、残り三十枚、ぱぱっとやっちゃおっか。——そろそろ疲れちゃうしね」

やはり簡単なことのように砂金は言った。

チケット売りの妖精さんは、今日はあまりにも頼りになる。

「次は誰がいいかな、ミナ。あそこの人たちは？」

と、ちょうど廊下の向こうから歩いてくる数人の生徒を見つけて、砂金は言った。

けれどそれには水瀬が首を振って。

「いや、やめておこう。あのグループは演劇部じゃないけど、同じクラスに部員がいて、仲がいいからね。今この場でチケット捌けても、本当に来るかは怪しいと思う」

「なるほど！」

「あ、あの人たちでいいね。今ちょうどそこの教室から出てきた男子三人」

「誰さん？」

「出てきた順に、名前は中山、外口、新井田。全員バレーボール部」

「おー！　いいね、規模が大きいとこだ。プラスして十人分くらい渡してくるよ」

「うん」

しれっと作戦会議を終えると、そのまますたたたと砂金は離れていく。

さきほどから、水瀬は《誰に渡すのが最も効率的か》をずっと砂金に伝えており、その通りに砂金はチケットを捌いていた。

まるで全校生徒を詳しく知っているかのような水瀬のことを、横目に眺めて俺は問う。

「……知り合いなん？」

「そこの人たちと、って意味なら、ぜんぜん違うよ。話したこともない」

「……じゃあなんでそんな個人情報に詳しい？」

「私には――」

小さくそこで言葉を切って。

水瀬は、俺に視線をまっすぐ向けてから続けた。

「――調べればわかる程度のことを、調べないでいることが難しいから、かな」

「…………」

「怖い？」

そう言って俺を見上げる水瀬は、あくまでもいつも通りの様子に見えた。

――もし自分を知られているとしたら恐ろしいか？

その問いに、上手く答えを返せるような気が俺はしなかった。

ただそれでも、きっと彼女は何か重要なことを俺に訊こうと——調べようと思ったから口にしたのだろう。軽く首を振って俺は言う。

「水瀬のほうこそどうなんだ？」

「……大丈夫、かな。私は景行さんが怖くないから」

「そうか。それならよかった」

「……やっぱり変わってるよね、景行さんは」

なぜかそれが面白いことであるかのように、水瀬は薄く笑みを見せた。

けれどそれも一瞬。すぐにまたいつも通りの水瀬に戻ると、彼女は視線を切って。

「まあ単純に癖だよ。実家がそういうお仕事してるから、染みついちゃっただけ」

「ん？　そういう仕事……？」

「なんでもない。だからとにかく、心配しなくても——私はなんにも言わないから」

「…………」

「少なくともイサは知らないし、伝えないことに私は決めたし。今のところ……きっと、たぶん今後も。これ以上はもう誰にも伝える気はないから」

——ならば水瀬は。

俺の中学時代のことを知っているわけか。

けれど彼女が触れないのなら、俺からもその話を続ける気はなかった。

水瀬のほうは、廊下の先に歩いていった砂金(いさご)のほうを見ながら、肩を竦(すく)めて語る。

「というか、私なんかよりたぶんイサのほうが悪辣だと思うよ。――ほら」

「うん？」

首を傾(かし)げながらそちらを見る。

と、ギリギリ声が聞こえるくらいの位置で、三人の上級生を前に砂金が話していた。

「へえー！　やっぱりバレー部だけあって背が高いですよね、せんぱい！」

「いや、まあ……どうかな」

「ホントですよ！　だから目についちゃったのかもしれないですね！　えへへっ。それで思わず話しかけちゃったのかも！　やっぱり、背が高いとカッコいいですもんねー！」

きらきらとした笑顔。

近すぎるパーソナルスペース。

甘やかな、それでいて凛(りん)と通る声色。

――砂金奈津希(なつき)は、あまりにも懐に潜り込むのが上手かった。

「スパイクってこうやって打つんですよね？　とやっ！」

腕を振って、砂金は彼らの目の前でバレーのスパイクを打つ真似(まね)をしていた。

動きそのものは実に悪い。明らかに運動神経のない素振りだったが、砂金と話している哀れな犠牲者たちがそんなところを見ていないのは明らかだった。

同じことを考えているのだろう、水瀬は言う。

「別のボールがふたつ揺れてるからね」

「言わなくていいけどね本当それ……」

「ともあれまあ、これを見てればわかるでしょ？　イサに男友達がいない理由は」

「…………」

「まあ正確にはいないわけじゃないんだけど。イサは別に誰とでも、ほとんど変わりない距離感で話しちゃうから。……いや正直、原因ほとんどそれなんだけど」

俺は真顔にならざるを得ない。

確かに、誰が悪辣かと言うのなら――これは水瀬とは比較にならないかもしれない。

「何が悪いって、あんまり自覚がないところだよね」

「これで？」

「ああ、ちょっと語弊があったかな。本人も他人から好かれようとしてやってはいるから無自覚ってわけじゃないけど。でもこれは、言うなれば性質だから」

「性質……」

「勘違いさせたいわけじゃない。ただ好きになるなら本気で好いてほしいみたいなことを素で考えてる感じだね。だからモテる割に長続きしないんだ。イサの理想に、誰もついて行けないから。そういう意味でも景行さんは例外だね。向ける理想が最初から違う」

再び俺は砂金のほうへと視線を向けた。

「あ、それでさっき言ってたお願いなんですけどー。実は――」

しばらくの雑談を終えて、砂金は本題のチケット捌きを始めたところだ。

砂金を見て舞い上がっている先輩男子たちの様子を見るに、渡すことはできそうだった。

「なんつーか……同性から嫌われそうだな、砂金」

「いや、そうでもないよ」

「そうなのか？」

「そりゃ普段からアレなら嫌われるかもしれないけど。イサも空気は読めるから、教室でまであんなことしてるわけじゃないよ。それがイサの怖いところでもある」

「怖いところ……？」

「──その気になれば相手が女の子だろうと誰だろうと、イサなら技術で巻き込める」

「…………」

「あの子の《一芸》って、つまりそういうことだから」

俺は、何も答えることができなかった。

やがて砂金は、笑顔で「ダースで売れたー」と言いながら戻ってきた。

ひとまず、この分なら目標数は余裕で捌くことができそうだ。

仕込みとしては上々だろう。

砂金に関しての疑問はとりあえず措いて、俺は水瀬に向き直ってこう訊ねた。

「生徒会のほうは任せていいんだよな？」

「うん。会長とも副会長とも私は別に知り合いだし、話を通す分にはできると思う」

それに続けて砂金が言う。

「じゃああとは樹宮さんだけだね。そっちはカゲくんがやるんでしょ？」

「……おう」

「じゃあひとつアドバイス！」

そして砂金は、いつも通りの笑顔のままで、こんなことを俺に告げた。

「――たぶん樹宮さんは、この企画を潰そうだなんて、ちっとも考えてないと思うよ」

五十枚分のチケットノルマは、それから十分もしないうちに捌き終わった。

6

砂金と水瀬と別れて、俺はひとり教室へと戻っていた。

時刻はもうすぐ十八時になろうとしている。季節はまだ春先だから、この時間でも窓の外は普通に明るい。ただ誰もいない教室は、静けさもあって奇妙に薄暗く感じられた。

「……いや、ただの思い込みかな」

頭を左右に強く振って、いらない感傷を思考から追い払う。

俺はポケットからスマホを取り出して、改めて日付を確認した。

教室に備えつけの壁かけ時計では時刻しかわからない。カレンダーアプリの数字を追うことで、入学からもうすぐ二か月経つことを思い出す。

新生活を日常と呼ぶのに、それは果たして充分な時間経過なのだろうか。

スマホを仕舞う。

――教室の中に声が響いたのは、その直後のことだった。

「お待たせしてしまいましたか？」

姿を見せたのはクラスメイトの少女――樹宮名月だ。

どこかの部活に顔を出していたのだろう、着ているのは制服ではなくジャージだった。

俺は笑って、

「今来たとこって答えるべき？」

「これがデートの待ち合わせだったら、そのほうがスマートかもですね」

軽く握った拳を口元に寄せて、樹宮は肩を揺らす。相変わらず上品な仕草だった。

「急に呼び出して悪かったな」

「いえいえ。それで、お話とはなんでしょう？」

静かに小首を傾げて、樹宮は俺の表情を見上げている。

その様子に普段と違うところは見受けられない。

そんなものなのかもしれなかった。そのほうがいいのかも、しれない。

俺は言う。

「もちろん不知火の件だ」

樹宮の顔色が変わるようなことはない。

浮かべた笑みは小動もせず、だから俺もそのまま続けた。

「先に言っておくと、すでに禁止令は撤回が取れてる。さっき水瀬から連絡があってな。生徒会は、むしろ応援してくれるって話だそうだ」

樹宮はやはり微笑んでいた。

「いったいなんのお話ですか？」

「…………」

「と、私がとぼけるとは思わなかったんですか？」

「ああ。……いや、ぜんぜん普通に考えてなかったな……」

「そこはもう少し格好よく追い詰めてほしかったところですが……」

少し呆れたように首を振る樹宮。

どう見ても、これは探偵が犯人を追い詰めるシーンではないだろう。

「まあ、とはいえ及第点にはしておきましょうか」

「……これ、そういう話か？」

「どうでしょう。少なくとも想定していた中では最速の対応だったことは事実です。もう少し時間がかかるんじゃないかと予想していましたので。さすが想さん、優秀ですね？」

「優秀って」

「先に観客のほうを確保するというのは面白い手だったと思いますよ。まあ、チケットが無料である以上はちょっとずるい計算方法だと思いますが、他人を巻き込む発想は確かに想さんらしいと思います。……砂金さんがその気ならいくらでも確保できそうですし」

「……まるで、試されてたみたいな話の流れだな」

「いいえ。そんなつもりはありません」

まあ、そりゃそうだろう。意味がわからなすぎる。

ただそれにしても、樹宮の反応はなかなか不可解なものだった。

正直、予想外ですらある。樹宮にも何かしら言い分があるとは思っていたが……まさか撤回されることすら見越していたように言い出すとは。

「どういうつもりなんだ？」

「…………」

「樹宮は、……不知火が演劇ユニットを作ることに反対なんじゃないのか？」

「そうですね。少なくとも積極的に賛成はしていません」

「……どうして？」

「私は不知火さんが嫌いですから」

「――――」

一瞬、俺は言葉に狼狽えた。

仲がいいとは思っていなかったが、ここまではっきり断言されるとやはり面食らう。

　とはいえ、それくらいの動機がなければ、わざわざ邪魔なんかしないだろう。そういう意味では予想通りの答えに過ぎないのに、樹宮の反応は全てが予想外だ。

「嫌いだから……邪魔をしてやろうと思ったのか？」

「いいえ」

　樹宮は静かに首を振る。そして続けた。

「嫌いなので邪魔をしてもいいとは思いましたが。何が何でも阻止してやろうと思うほど私の性格も捻れていませんよ。気に喰わないなあ、という程度の感想です」

「なんで、そんなに……」

「そこは個人的な事情ですので。訊かれたからお答えしましたが、あえて個人的な感情を表に出すのは、できれば避けたいんです」

「………」

「そんなことを大声で言って、想さんに嫌われてしまっては悲しいですからね」

　わからない。俺は首を振ることしかできなかった。

　説得しにきたつもりだが、樹宮の態度は明確にその余地がないことを物語っている。

　重ねるように、そして樹宮は言った。

「私としては、むしろ想さんのほうが意外でした」

「俺が……？」

「ええ。想さんは不知火さんのことを手伝わないと思っていましたから」

「…………」

「──不知火さんのことを、嫌ってくれるんじゃないかと思っていましたから」

どうですか？　と問うように樹宮は小首を傾げてみせた。

私の言っていることは的外れですか、と確認されているかのように。

「そんなことは……、なかったよ」

俺は答えた。樹宮は笑みを深めて頷く。

「そのようですね。やっぱり、何ごとも願い通りにはいかないものです」

「樹宮……」

「ですが想さん、これで本当にいいんですか？　──想さんが行っていることは、本当に不知火さんのためになることでしょうか」

「──────」

「私にその答えはわかりません。ですが、想さんが『そうではない』と考えたから、この学校に来たということを知っています。……想さんの過去を、知っています」

「俺、の……過去……」

確かに樹宮には、この学校に来た目的を明かしている。

だが、なぜそう考えたのかまでは教えていなかったはずだ。

けれど彼女は俺に語った。

「仲のよかった友達全員から裏切られたから、ですよね？」

俺が、中学生の頃に犯した過ちを。

いい人でいることなんて、誰にとっても価値がないのだと知らしめられた一件を。

「だから打算を信じることにした。計算の辻褄が合っている関係値のほうが、好意や友情なんて概念よりもよほど信頼できると悟ったから。――だから、それと同じように考える人間が多いであろうこの学校を、わざわざ進学先に選んだ。そうですね？」

「……なんで……」

「今どき調べてわからないことなんて、そうそうありません。特に想さんが巻き込まれた事件は、小さな記事ですが地方紙で報道されたレベルのものです。わかりますよ」

……新聞に載ってたのか。

なるほど、むしろ俺が知らなかったな、それは。

いや。というか、あのときいきなり水瀬がそんな話を始めたのは、そもそも彼女がこの件を調べ、樹宮に伝えた張本人だったからかもしれない。

だって彼女は『これ以上はもう誰にも伝える気はない』と語っていた。

あのときから気にはなっていたのだが、これ以上はという表現には、これ以前に誰かに伝えたという含意がある。水瀬なりのヒントだったのだとすれば頷ける話だった。

とはいえ……。

「あんまり知られたくない秘密だったんだけどな……割とみんな知ってたってわけだ」

下らない犯罪に巻き込まれた友人を助けるために身代わりになった挙句、助けた相手に裏切られて死にかけた馬鹿な中学生——なんて、どう調べても面白くないだろうに。

うちの姉貴なんか『現代版失敗セリヌンティウス』と笑ってたくらいだ。

俺の友達に、メロスはひとりもいなかった。——その程度の、当たり前の物語だった。

「いいんですか、それで？」

小さく、樹宮は俺に訊ねた。

彼女はいつから、俺のことを知っていたのだろう？

「それでは前と変わりませんよ。また同じ失敗を繰り返しかねない。——違いますか？」

樹宮名月の、透き通るような視線が俺を貫いていた。

確かに彼女の言う通りだ。そう思われたって仕方がないのかもしれない。

だが俺は、その問いに強く首を振った。真正面から否定を返す。

「そんなことはない。俺は、前とは違うよ」

「なんの得もないのに不知火さんを助けようとしていますよね？」

「得ならある」

「……それは？」

樹宮の発する静かな問いかけが、俺を貫こうとしていた。

いや。あるいはそれは、目の前の少女からではなく過去の俺から向けられる設問だ。

今の自分に胸を張ることができるのかと。

ただ《いい奴》でいたかっただけの、考えなしの自分に投げかけられていた。

だから俺は答える。

「――不知火は、昔の俺と少し似てるんだよ」

「想さんと不知火さんが、ですか？」

「ああ。いや、昔の……なんて古い話にするには最近すぎるけど。つまんない反発だけでずっといい人ぶってた頃の自分と、同じようなことを本気で言うからな、不知火は」

「……私はそうは思いませんが」

「そうだな……それも正しいと思う。似てるってのは結局、似てるだけで違うって意味でしかないわけだし。不知火は、たぶん俺とはぜんぜん違ってるんだ」

「それは、どういう……？」

矛盾したようなことを言う俺に樹宮は首を傾げる。

でも、単にそれはどちらも正しいのだ。俺は樹宮に笑いかけた。

原価ゼロ円で生み出せる、それは俺が持つ最強無料の武器。

「単純な差だよ。すっかり諦めた俺と違って、不知火は今もそれを信じてる」

「…………………」

「――俺には、それは裏切れない。あいつの力になりたい理由なんて、それだけだ」

善性を、友愛を、人が普遍的に持つポジティブな側面を信じている不知火と、それを信じることができなくなってしまった俺。

ただ打算で他者を見ることに――価値がないと見られたことに反発しただけの俺と、なんの理由もなく、ごく当たり前にそれをしていないだけの不知火。

その相似と差異に気づいた俺は、もう不知火を裏切れない。

「これは打算だ。あいつには変わってほしくないと、そう思った俺の打算に過ぎない」

それなら、自分の決意も揺らいでいない。

だからここに立っているのだ。

「これで説明になったか？」

訊ねた俺に、樹宮は小さく吐息を零すと。

「……そうですね。ここは納得を見せておくべきところでしょう、とは思わされました」

「それは納得してない人間の台詞だと思うんだけど……」

「まあ、私はご存知の通り、感情より勘定を優先する人間ですから。もっとも、想さんに対してだけは例外ですけど」

「なんでそこまで……」

「そうですね。――たとえば、想さんにひと目惚れしたから、というのはどうですか？　恋する乙女はなにせ無敵らしいですから。こんな暴走をしてしまうのかもしれませんよ」

「…………………」

思わず押し黙った俺を見て、樹宮は噴き出すように肩を揺らした。

「そのご様子では、どうやら信じてはいただけなかったようで。残念です」

「いや……」

「ただ、少なくとも想さんを心配していたのは事実ですよ。せっかくこうして出会えたのです。新しい友人に、せめてこの学校では思う通りに過ごしていただきたかった――そう考えるのは何も不自然なことではないでしょう。わたしの動機はそれだけです。征心館で過ごすにあたって、想さんがどこまで当初の目的を貫くつもりなのか、知りたかった」

　樹宮のその言葉に、俺は愕然として目を見開いた。

「それ……だけ？　えっ……だって不知火とは、……え？」

「いえ。正直な話、私は不知火さんのことなんて本当にどうだっていいんです。気にしていたのは最初から最後まで想さんのことだけですから。ああ、ですのでご安心ください。生徒会には想さんをご紹介した恩の礼を、少し取り立てただけです」

「……なら、まさかとは思うけど……本当に、俺の考えを確認するためだけに？」

「その通りですよ？」

「――――」

　再び完全に絶句する俺に、樹宮は続けて。

「想さん。それはさすがに私を舐めすぎです。いつもなら買い被っていただけるのに」

「え……？」

「言っておきますけれど。手段を問わずに潰そうと思えば、方法なんてほかにいくらでもありましたからね？　私が本気だったら、もっと丁寧に根回しは終わらせています」

確かにそうかもしれない、と。

思わされている時点で負けな気がした。

「未だに、不知火さんの評判があまりよくないことは事実ですし、彼女の言う《友人》に傷つけられた生徒もこの学校にはいます。――その事実だけはお忘れなきよう」

「樹宮が排除した、って話だったな……それは」

あるいは、それは不知火本人さえをも守る最善の手段だったのかもしれない。

「私がやるのがいちばん丸く収まると思っただけです。確かに不知火さん自身は何も悪いことをしていませんが、別に好かれることをしていたわけでもない……それを同一視する生徒も中にはいます。私が何をせずとも、不知火さんの排斥を考える方々は」

だとすれば、樹宮が穏便な手を取ったのは忠告も兼ねてのことか？

いったいどれくらい先まで計算して動いているんだろう、この少女は……。

「いざ問題が起きても、私は庇えません。意味のないことはしたくありませんので」

「……なら樹宮にとって、これはやる意味があることだったんだな……？」

「ええ。――だって想さんは、あくまでも打算で今後の三年間を送るんですよね。だからお教えしておこうと思ったんです。それには、この方法が手っ取り早かった……」

そう言って、樹宮名月は薄く口の端を歪めて嫣然と微笑んだ。

普段の活発な少女の微笑みではない――それは常に計算を巡らせる女帝の如き笑みで。

「――この学校に、私よりも打算で過ごしている人間はいません」

これを見せられては、もはや否定なんてできるはずもない。

なるほど俺は、少なくとも学校選びだけは大正解を引き当てたらしい。

「是非ともご参考にしてください。樹宮名月は、それなりに優れた手本だと思いますよ」

「……勉強させてもらうよ」

「では。公演、楽しみにしていますね。大変だと思いますが、がんばってください」

最後にはそんな応援まで言われてしまった。

説得に来たつもりが、むしろこちらが忠告されていては、立つ瀬なんてどこにもない。

少なくとも結果だけ見る限り、樹宮の行動は最善の成果を生み出していた。

俺の覚悟を問い、不知火の過去を教え、砂金や水瀬までをも巻き込み――その全てを、たったひとつの行動だけで達成してしまっている。

打算とは、そうやって働かせるものだと教えられていたのだ。

こんな奴がその辺を、スポーツ万能の助っ人少女として歩いているとはなあ……。

「……参った。完敗すぎるな、これは……」

とはいえ悪い気分ではなかった。

俺なんて、所詮は高校デビューの初心者なのだから。

その意味で樹宮は圧倒的な先達である。素直に学ばせてもらうべきだろう。

——ほかの誰かに、一方的に利用されることがないように。

お互いが、きちんとお互いを利用し合える関係であることこそが最も健全であると。

そう信じて俺はここにいる。


それが景行想(かげゆきそう)の、人生で初めての打算だった。

※

「はあ。心にもない、偉そうなことを言うのは恥ずかしいものですね……」

青年と別れ、少女はひとり、廊下を歩きながら小さく呟(つぶや)いた。

言葉の割に表情にはまるで変化がない。どこまで行っても彼女にとっては日常だった。

とはいえ今回は彼女——樹宮名月にとっては、それなりに危ない橋ではあった。

「本当に、……これで嫌われては、十年は立ち直れなくなってしまうところでした」

そうはならないと、これまでの人生で培った判断力は正確に語っていた。

実際にそれが正しかったという結論も得ている。

それでも——本当は内心ずっとドキドキだったということがバレなくてよかった。

「…………」

少女の目は、いつだって他人の価値を測るためのものだった。

少女の口は、いつだって他者を操るために使われ続けていた。

幸か不幸か彼女はその点において天才的で、また幸か不幸かそれとは別に、彼女はごく普通の感性を持ち合わせて育った。ただ染みついたひとつのやり方しか知らないだけで。

だから、いつもの通りにそれを振るったに過ぎない。

いつもと違うことはひとつ。——ただその相手が初恋の男の子だったことだけだ。

この学校で初めて会った瞬間に確信した。

だから訊ねたのだ。

『——想さんって、私みたいな人間は苦手ですよね？』

と。かつて与えた痛みが、今も彼を縛っているのではないかと。

頭など、いい悪いではなく使うか使わないかだ。奇しくも彼が言った通り。

別にひと目で全てを見抜いたわけじゃない。あるいは彼はそういうふうに勘違いしたかもしれないが、彼女はただ初めから知っていたに過ぎない。コトはそれだけのオチなのだ。

年齢よりずっと記憶力のあった少女は、かつてのできごとを完全に覚えている。

顔も、名前も、あのときの楽しかった時間も、——最後に彼を傷つけたことも全て。

それをずっと後悔していた。

何ひとつ楽しみを見出せない打算まみれのパーティー会場から、手を引いて連れ出してくれた初めての友達を、最悪の形で裏切ってしまったことを今日まで悔いてきた。

けれど再会した彼は少女に語った。

『……いいや。そういうふうになりたくて、この学校に来たんだ』

それは少女にとって、この上ない——奇跡と言ってもいいような再会だった。

だが彼とここで再会できた奇跡を、ただの奇跡として甘受するような少女ではない。

だから彼女は決意したのだ。

——どんな手を使ってでも彼のためになることをしよう、と。

気持ちは、ゆえに語れない。少なくとも今はまだ。せめて自分を許せるまでは——。

「……とはいえ……」

それでも誤算はあったし、だからこそその乱数もまた打算に含めざるを得ない。

彼が、あの日のことを覚えていることは間違いない。それは初めて会った日の態度で、すぐにわかった。彼のほうもまた、自分がそれだと勘づいている節がある。

だが、全ては覚えていないらしい。

それというのも、同じ名前の人間がこの学年には多すぎるせいだ。

また事実、当時の自分が下の名前しか明かさなかったことまで樹宮名月ははっきり記憶していた。あのとき苗字まで名乗っていればよかったのだが、樹宮の名は少し重すぎた。

いや、それだけだったら別に問題はないのだ。

最大の問題は別にある。少女はそのことも覚えていた。

——あの日、あの会場にいた《ナツキ》が自分だけではないという事実を。

そもそも青年の記憶が曖昧なのも、もちろん幼かったこともあるが、同じ名前の人間が複数いたせいでわかりづらくなってしまっているからだろう。

無論、全員が名乗ったのかどうかまでは、さすがに名月も知らないことではある。ほかの《ナツキ》が青年のことを覚えているのかどうかも不明だ。ひとり確実に覚えている奴もいるが、その《ナツキ》はまだ彼が会場にいた子どもだと気づいていなかった。

思い出してほしいとは思わない。

是非ともそのまま忘れていてほしかった。

理由なんて言うまでもないだろう。

だって——、

「想さんに《ナツキ》と呼ばれるのは、私でなくっちゃ嫌ですからね」

——恋敵なんて、いないほうがいいに決まっているのだから。

エピローグ

0／C

詳しい事情は思い出したくもないが。

中学生の頃、俺の地元で半グレだかなんだかいう犯罪グループが一時期、話題になったことがある。まあ言い方はどうあれ要するに、集団で詐欺などを行っている連中がいた。

問題だったのは当時、俺のクラスの生徒から複数名が、バイトと称してその犯罪集団に使われてしまっていたことである。そもそも中学生はバイトなどできないのだから、その時点でロクでもない話に決まっているのだが――お小遣いに目が眩(くら)んでしまったらしい。

受け子やら電話役やら事務所の番やら、少額の金銭に釣られて下っ端を引き受けた奴はその後、一度は犯罪の片棒を担いでしまった事実を盾に、さらなる役割を課されていく。

ありふれた現代の奴隷システム。

そこから足を洗って警察に行くべきだと、綺麗(きれい)ごとを吠(ほ)える馬鹿がいた。

そいつがどうなったかと言えばこの上なく単純な話である。友達を助けようと奔走し、その友達が密告したことで半グレどもに捕まって、――かわいく言えば《ボコボコ》だ。

実行犯の連中がどこまでやる気だったのかわからないが、姉貴に救われなければ死んでいた可能性もあるだろう。

さすがの馬鹿にとってさえ、自らを省みるには充分な顛末だった。

——だってそんなのは価値も勝ち取らず綺麗ごとを吠えた俺が悪いのだから。

俺にとってはそうでも、相手にとっては身の危険と天秤にかけてまで救うに値する人間ではなかった。俺は自分だけでも一方的に相手を信じる、夢想めいた善性に酔っていた。

俺ひとりだけが打算を働かせていなかった。

だからあんなにもバランスの悪い人間関係が築き上げられてしまったわけだ。

ましてその理由が、ただ小さい頃に打算を働かせて他者を測る大人へ、幼すぎる嫌悪を抱いただけというのだから救いようがない。それは、俺が生まれ持った善性ではない。

ただの借り物。それを言い訳にした下らない怠惰に過ぎなかった。

——俺が全ての環境を変えて、打算を働かせて生きようと思ったのはそれが理由だ。

まあ、俺にとってそのイメージ図が《お金持ち》だったというだけで、お金持ちの多い学校を選んだのは、我ながら頭の悪い発想かもしれないが。結果としては正しかった。

俺は青春なんてもう欲しくはない。

真っ当な学生として生きるのは難しい。

友達も、恋人も——繋がるのなら全て打算が欲しい。

そうでなければ信じられない。

いつかまた裏切られるのではないかという恐怖が拭えない。

――そう、思ってしまっていたのだけれど――。

1

手伝ってくれた砂金と水瀬に礼を告げるため、俺は第二文芸部室へと足を運んだ。

いつもの通りそこにいたふたりへ、俺は部屋に入って頭を下げる。

「よう。ありがとな、ふたりとも。お陰でひとまず、なんとかなったみたいだ」

「うぇっへへへへへへへへへへへへへ……」

――いや気持ち悪っ。

と、急に笑い出した砂金に思わず言いそうになるのを、寸前で堪える。

「ど……どうした砂金。なんか面白かったか？」

「ふへぇへ。いいんだよいいんだよ、カゲくん！　友達の頼みだったら力になるよぉ！」

かわいらしい表情で笑う砂金だったが、目の色が虚無なのでなんか怖い。

「あ、ああ……いや、まあとにかく、せめてお礼は言わせてくれ」

「そんなの別にいいのに！　えっへへ、律儀だねカゲくんは。別にカゲくんに頼まれたらなんだって断らないよ！　もちろんこれからも、なんでも言ってくれていいからねっ！」

「許してください」

「どぉして謝ってるの⁉」

俺では支えきれない重量に足を突っ込みつつあるからですかね……。

もはや口角を引き攣らせるしかない俺だが、砂金はと言えば目の前まで寄ってきて。

「ねえねえ、カゲくん！　ほかには？　ほかには何かしてほしいことない⁉」

「い、いや大丈――」

「なんでもいいよ！　あっ、飲み物とか買ってくる⁉　ほらせっかく来てもらったからきちんとおもてなししないとダメだよね？　いやでもわたしの体力だと時間かかっちゃうかもだし、別のことがいいよね！　えーとえーと……なんかウーバーとか頼んじゃう⁉」

「本当に大丈夫ですマジで」

「そう？　そっか……なんもないか。そうだよね、わたしにできることなんて何も――」

「――と思ったけどお願いしたいことが急に出てきたかも！」

「ホントに⁉」

なになになにっ⁉

と、目を爛々と輝かせて砂金が詰め寄ってくる。

どうしよう、怖いよう……。大型犬に懐かれているみたいな気分になるけど、こいつを犬にたとえるのは、もはや何かの法に触れる気がしてくるよ……。

なんとか場を収めようとして俺は言う。

「ほら砂金。そこに椅子があるでしょ」

「あるね！」

「そこに座ってもらっていい？」

「わかった！」

砂金は嬉しそうな笑顔で椅子に腰を下ろした。

「ありがとう。それだけで充分だよ」

満面の笑みの砂金に告げる。

言っていることは完全に《おすわり》だったが深く考えたら負けだ。

と、そんなやり取りを無言で見つめていた水瀬が、そこで零すように小さな声で。

「まあ、そもそも私もイサも、せいぜい意味なしチケット撒くくらいしかしてませんが」

「そういえばそうかも!?」

――おいやめろ余計なことを言うんじゃない。

視線で水瀬に訴えかける。彼女は無表情のまま舌を出して、こつんと頭を叩いた。

「しばくぞ」

「やだ景行さん、意外と過激なプレイをご所望で」

「そういう意味じゃないから！」

「そう？　でも今まさに目の前で、イサとワンちゃんプレイをしてた気が」

「してないよ!?」

どうしてお礼を言いにきただけでここまで苦労させられるのか。

俺は大きく息をつく。それから気を取り直して、改めてふたりに報告をした。

「……まあ、とにかくひとまず樹宮とは話がついたよ。その報告に来た」

「なるほどねー。そっかそっか、それならひとまず安心だね！」

と、砂金が言った。俺は小さく頷いて、

「まあ、話としてはそんなとこだ。今後のことは、またどこかで追って相談させてくれ」

「なははー。ホントいっつも忙しそうですな、カゲくんは」

「いや本当にな。どこまで行っても終わらないのが仕事なのかもしれん」

「仕事？」

きょとん、と砂金が首を傾げる。俺は言った。

「いろんなところから請けてきたからな。まあ仕事があるだけ恵まれてはいるけど――」

「――そういえばカゲくんって、なんでこの学校でお仕事なんてしてるの？」

なんでもない問いであるかのように、ふと砂金は言った。

「あー。そうまっすぐ訊かれると説明しづらいが……」

言ってみれば打算の訓練で、その成果を目に見える形にしたかっただけだ。

いちいち対価を取っていたのが中学時代の反省からで、利用するのもされるのも、全て納得ずくの契約の上にしたかった。理由なんてそのくらいだ。

ただそれを砂金に説明したところで、きっと伝わらないだろう。この学校で俺の過去を知っているのは樹宮と――あとは黙して語らない水瀬だけなのだから。

「まあ、あんまり無償の善意ってのも便利じゃないからな。そんなような感じだ」

だから俺は適当に、話を流すように言った。

けれど。それで話が終わると思っていたのは、どうやら俺だけだったらしい。

砂金は言う。

「ふぅん……じゃあカゲくんにとっては、不知火さんは特別なんだね」

「は？　……いや、そんなことは――」

言っていて、けれどその言葉が途中で止まる。

自分の中に作った理屈はともかく、外から見ればその通りだと自分で思ったからだ。

――俺は本当に、それでよかったのだろうか？

今さらのように不安がよぎる。全てはもう終わったことだというのにだ。

特別と。砂金は言った。

どうなのだろう。俺は不知火を特別に思っているのだろうか。

中学時代も、そして今も、考えてみれば俺は《特別》を作らないような生き方を続けてきたように思う。感情にしろ打算にしろ、誰に対しても俺は対応を変えなかった。

それとも――どこかで俺も誰かを特別に扱っていたのだろうか？

樹宮は俺に何も言わなかった。

だけど彼女も、同じことを考えていたのかもしれない。

今回やったことは、本当に中学時代とは違う理屈の上にあったことなのだろうか——。

わからなかった。

2

「あっ、景行！　どうだった!?」

いつもの寄宿小屋へ向かうと、ぱっと顔を輝かせて不知火が駆け寄ってきた。

なんだか仔犬にでも懐かれた気分だと、言葉にするには失礼なイメージが浮かんできてしまう。さすがに言えなかったので、俺は片手を挙げてただ挨拶した。

「よう不知火。ひとりか？」

「う、うん。今はね。さっきまで砂金さんと水瀬さんもいたけど」

「ああ、俺もさっき会ってきたとこだ。そっか、あいつらこっちにも来てたのか」

「そうだね。あ、でもなんか砂金さんはさっき『立ってるの疲れたから、わたしは部室で寝るっ！』とか言ってたけど」

「モノマネ上手っ」

「あはは。得意分野だから」

「さすが元天才子役。しかし、あの妖精は本当になんなんだろうな……」

呆れたように呟く俺に、不知火はフォローするように言った。

「あはは……あれでもスゴいんだけどね、砂金さん」

確かに、どうあれ『スゴい』という評価自体は妥当なものだと思うが。

「……あいつ結局、どうやってこの学校に入ったんだろうな。不知火は知ってるか？」

「手品だよ」

「え？」

きょとん、と目を見開く俺に不知火は続ける。

「手品。手品で一芸受けたの、砂金さん」

「あいつ手品なんかできたのか……」

「違うよ。砂金さんは手品なんてできないのに手品で入試を突破したの」

——だからスゴいんだよ、と不知火は語る。

だが俺には意味がよくわからない。

「どういうことだ？」

「まあわたしも聞いた話だけど。面接にトランプか何か持ち込んで、面接官の先生に一枚引いてもらって、その上でタネも仕掛けも本当になしに会話だけで絵柄当てたんだって」

「……、……入試って小学生だよな受けるの」

「そうなるね」

「その歳でメンタリストかなんかだったのかよ、あいつ……」

そんな心理学の天才みたいな実績があって、どうして普段あんな感じなんだろう。

樹宮も大概だが、砂金も砂金で大概なんか怪物みたいな能力あるな……。

「実は水瀬のほうもなんかの天才だったりする？」

ふと訊ねてみると、不知火は少し考え込むようにして。

「どうだろ……成績はトップクラスだからいちばん天才って言葉っぽい感じはするけど。入試はなんだっけ……確か情報処理能力か何かだって聞いたことがある気がする」

「情報処理、か……そう聞くといちばん技能っぽい技能ではあるね」

「あはは。まあパソコン得意みたいな認識しか、正直に言えば俺も似たような認識だ。だいぶアホの理解ではあったが、実は持ってないんだけどね、わたし」

「水瀬さん、実家が確か興信所なんだよね。それで家の手伝いとかしてたのを、そのまま入試に使ったとかなんとか。昔から砂金さんと知り合いなのも、家の関係らしいよ」

「ふぅん……」

水瀬が言っていた《実家》云々とはそういう話なのか。

政治家の娘と興信所の娘が家の付き合いね……深く立ち入らないほうがいい話です？

「にしても詳しいな、不知火」

「あはは。入学したての頃は友達作ろうと、いろいろ同級生のこと覚えたからね……」

「そういう理由か……なんかすまん」

「謝らないでくれるぅ!?」

むぅ、と唇を尖らせる不知火に、すまんすまんと片手を挙げる。

不知火はしばらくむくれた表情だったが、やがて力を抜いてこう言った。

「ついでだから、申請周りは水瀬さんが押見先輩と相談しつつやってくれるって」

「そうなのか。しごでき人間がメンバーに入ると早いな……」

「……仕事できなくて悪かったですねっ」

「言ってないだろ、そんなこと。演技できりゃいいんじゃないの、不知火は」

「ふんだっ。景行のばーか」

――べっ！　と舌を出す不知火に睨まれてしまう。

かと思えば、すっと手を引っ込めて。

「……今度から景行って呼び捨てにするから。いじわるだから」

なんて、そんなことを少し耳を赤くしながら言っていた。

……まったく。これでかわいらしいのは、いっそ卑怯じゃなかろうか。

「い、いいよね!?　文句ないよねっ!?」

「これまでも何度か呼んでただろ」

「いいからっ！　いいか悪いかちゃんと改めて許可出して！」

「いいぞ。なんなら別に下の名前でも。想で」

「そっ！」

「惜しい（？）」

「そ、そ……そぅ、れはまだムリ……」

「っはは、何言ってんだ……くく」

不知火（しらぬい）の様子がおかしくて、俺は思わず肩を揺らして笑ってしまう。

そんなこちらを彼女はしばらく不服そうに見ていたが、やがて小さく首を振ると、俺のほうに向き直るようにして居住まいを正した。

「不知火？」

「──ありがとね、景行（かげゆき）」

「何が？　実のところ割と何も活躍してねえぞ、俺」

「そんなことないよ。だって、わたしのこと見捨てないでいてくれたし」

「いや……」

むしろ俺のほうこそ、不知火には感謝している。

まるで打算を使えないその姿は、俺にいろいろなことを思い出させてくれた。

「不知火が言ったからな。みんな──わたしにとっては友達だったから、って」

「え？」

「あれが刺さった。だから手伝ってもいいって気になったんだ」

それは、俺にはできなかったことだから。

俺以上に不器用で、俺以上にまっすぐだった奴（やつ）は見放せなかった。

それだけの話なのだと思う。

と、そう言った俺の顔をなぜか無言で不知火は見上げる。

「……どした？」

「ううん。……ただそれ、受け売りだったから」

「受け売り？」

「そ。まあ厳密には違うけど、昔、似たようなことを言ってた相手がいて――」

そこまで言って、不知火は再び無言になる。

かと思えば、俺の顔を正面からまじまじ見つめたまま。

「ね、景行。ひとつ訊いてもいい？」

「別にいいけど……なんだ？」

「あのさ。その、景行って昔、ええと……、その」

「なんだよ？」

「う、ううん！　やっぱりいい！」

「はあ？」

不知火はぶんぶんと首を振って、続くはずだった言葉を飲み込む。

そんなふうに言葉を切られると逆に気になってしまうのだが。

「なんだよ。なんの話なんだ？」

「やっぱり秘密！　合ってても違っててても言うの恥ずかしいコレ！　ごめん忘れてっ!!」

「……？」

「いいの！　それより覚悟しといてよっ！」

びしりと、こちらにまっすぐ指を突きつけて。

それから不知火(しらぬい)は、俺に向かってこう言った。

「わたし、これでも結構重いんだから。そんな女に捕まったのが運の尽きなんだから」

「運の尽きって……」

「こうなった以上、責任取って、ちゃんと最後まで面倒見てもらうからねっ！」

とんでもない宣言をかましてくる奴(やつ)だった。

もしかして早まったかもしれない、と少し思えてくるのだから笑える。

ともあれ俺は頷(うなず)く。

「わかったよ。ちゃんと責任取るから安心しろ」

「いいい、言ったね！　言質取ったからね！」

「大丈夫だって」

「――それなら、もう離れないから」

小さく、呟(つぶや)くように、顔を真っ赤にして不知火は言った。

それからすぐに顔を上げると、気恥ずかしさを誤魔化(ごまか)すように手を振って。

「それだけ！　じゃ、じゃあわたし、桧山(ひやま)先生に呼ばれてるから、もう行くね!?」

「お、おう。わかった。行ってらっしゃい」

「うん。――またね、景行(かげゆき)！」

そう言って、耳を真っ赤にした不知火がその場を去っていく。

……いったいどう捉えるべきやら。

不知火の背中が見えなくなるまでその場で見送りながら、頭では別のことを考えていた。

昔がどうのと、確かに不知火は言っていたが……。

「顔は似てない……と思うんだけどな。まさか不知火だったのか？」

あの日、あのパーティー会場で出会った《ナツキ》は、不知火夏生(なつき)であったのか――。

そんなことを一瞬だけ考えたが、俺は結局、それ以上は考えないことにした。

正直、顔すら朧(おぼろ)げにしか覚えていないけれど。もし不知火なら、子役だった彼女に俺のほうが気づいてもおかしくない。やはり、そんな偶然はそうそうないということだろう。

どうせ向こうが、俺のことを覚えているはずもないのだ。

たまたま進学した高校で再会するなんて、そんな奇跡があるはずもない。

「つーか、たとえ会ったところで話すことなんて何もないしな……」

あのとき切り捨てられたお陰でこんなふうに育ちました、とでも言うつもりか俺は？

普通に嫌味(いやみ)すぎる。二度と会うこともないだろう過去の誰かに、いつまでもこだわっていられるほど余裕もないのだから。そろそろ忘れてしまうほうがいいのかもしれない。

かぶりを振って、何度も思い出してきた過去を振り払う。

俺もそろそろ帰ろうかと、伸びをして動き出しの準備をした――その直後。

ふと、背後から妙な声をかけられた。

「あっ！　すみませーん、ちょっといいですかー？」

「──んん？」

俺は驚きながらも背後を振り返る。

見ればちょうど第二部室棟の方向から、駆け寄ってくる制服姿の少女が見える。

彼女は俺の近くまで小走りに駆け寄ってくると、こちらを見上げて人好きのする笑みを浮かべた。

「高等部のせんぱいですよね。ちょっとお伺いしたいんですけれど」

「……えっと」

見覚えのない女子生徒だった。

いやまあ、俺にとってこの学校の生徒はまだ過半数が《見覚えのない生徒》だが。

そこにいた少女の見慣れなさとくれば、入学してからトップである。

なにせ制服が違った。

征心館学園高等部の女子ブレザーよりも、少し地味で暗い色をした制服。

俺が知識として持っているのは、それが征心館学園中等部の制服だということだけだ。

「あ、お時間は大丈夫です？」

「別に構わないけど……珍しいな？」

「かもですね。えへへへ」

小首を傾げて笑う、頭ひとつ分は背の低い少女に俺は頷く。

中等部の生徒自体は、もちろん登下校のときなどに見かけることがある。征心館は中高一貫の学校だから、敷地自体は中等部も高等部も同じ場所を使っていた。

だが、いざ通学したあとは、実はほとんど見かけない。

基本的に校舎はまったく別にあって、実は一貫部とは門の位置すら違うからだ。

朝の混雑を避けるために、中等部と高等部では登校時に駅から学校までの経路すら別の道を使わなければいけない決まりがあるほど。

基本的に中等部の施設は校舎の西側に集中しており、こんな学校の北東寄りで中等部の生徒を見かけることはまずなかった。まあ別に来ちゃいけないわけではないが。

その女子生徒は俺に言った。

「すみません。実はちょっと……二割くらい迷子になってまして」

「通ってる学校の中で迷子になるとは珍しい奴だな……」

「ですよねー！　でも率直に言えば助けていただきたくっ！」

年下にしてはずいぶん気安い態度の子だ。

表情豊かで物怖じしない明るさには好感が持てた。

「残り八割を頼っては帰れそうにない？」

「あははー。実はその八割の八割を今、目の前にいるせんぱいに頼ってたりして」

「……だとしたら迷子率は三十六パーセントってことにならないか？」

「わわ、計算早いんですね！　さすが高校生、カッコいい！」

「そりゃどうも……」

「ところで、この小屋っていったいなんなんですか？」

話題の飛びやすい中学生らしい。

俺が中学生の頃の、同級生の女子ってこんな感じだったっけ……？

つい去年のことだというのに、いざ高校生になると途端に思い出せなくなるから不思議だった。

「寄宿小屋らしいぞ。今は使われてないけど」

「ははあ、なるほど……なんでこんな敷地の端に建てたんだろ？」

……言われてみれば確かに。

まったく考えてなかったがアクセス悪すぎるな。

「そういやそうだ……よく気づいたな。今まで疑問に思ったことなかったわ」

「大丈夫です。それでもせんぱいのことは年長者として尊敬してますから」

「このタイミングでそのフォロー最悪なんだけど」

「ところで、せんぱい。ふと後輩に焼きそばパンとか奢ってみたくなってきてません？」

「もしかしてパシろうとしてる？　それ本当に年長者にやらせること？」

一瞬で立場を逆転させようとしてきたな、こいつ……。

さすがにそこまでの敗北感は覚えてねえよ俺も。びっくりするわ。

「あははは、すみません。ほんの冗談です」

てへ、と舌を出して彼女は笑った。

仕草のあざとい奴だ。だが実際それで嫌な気にならないのだから俺も不思議だ。

むしろ話しやすいとすら思えてくるほどで――少し考えて、その理由に思い至った。

普通なんだ、――こいつ。

この学校の生徒に特有の雰囲気がこいつからは感じられない。むしろ今まで通っていた学校で慣れ親しんだような、気負いのない年相応の空気感を彼女は纏っている。

「せんぱい、なんか話しやすくって。つい」

向こうも俺と同じことを思っていたのか、そんな言葉を零した。

とはいえ、俺もだ、と同調するのも変かと思って、話の軌道を元に戻す。

「迷子って言ってたと思うが。さすがに帰り道がわからないってことはないだろ?」

「はい、さすがにそうじゃないです。それは八割わかります」

「二割どこ消えた?」

「さあ。たぶん迷子ですね、あはは。それはともかく、わからないのは往路です。そこの部室棟に演劇部の部室があるって聞いてきたんですけど、どれなのかわからなくって」

なるほど、それで部室棟から出てきたってわけか。

にしても演劇部とは。また、なんというか奇妙な偶然もあるものだ。

「……なあ。実は有名な役者だったりする？」

「えっ、そんな美人に見えます？」

「そういう意味じゃない」

「せんぱいも笑顔が素敵なので結構グッドですが、まずはデートからお願いします」

「別に告白したわけじゃないんだけど……」

「夜景の見える高級レストランなど素敵かと」

「もしかしてプラン提案されてます？」

「そこでいっしょに、ディナーの焼きそばパンを頂きましょう！」

「どっちか確実にパシリだろ、そのデートプラン」

「ふふふ。わたしはできる後輩なので、もちろん男のせんぱいに支払わせてあげますよ」

「じゃあ俺がパシリだね……」

「ほらほら、いつまで待たせるつもりですか。早く買ってきてください？」

「オッケー毎度っす後輩。焼きそばパン買ってきたっす」

「まったく遅いですよ、せんぱい。いつまで待たせるつもりですか」

「なんとかディナーには間に合ったっす」

「それは購買が混んでいましたね」

「どうぞ。食べてください」

「……きゅん。なんて素敵なデートでしょう。ときめいてあげてもいいです」

「いや本当にこれでいいのかお前？」

「ちなみに、今の《ときめく》は古語です」

「栄えてるってこと？」

「寵愛を受けるのほうで。いいですよ、寵愛させてあげても」

「日本語の使い方がおかしい……」

「なはははは。せんぱい、面白いヒトですね？」

「面白いのはお前だよ」

なんだったんだ、今の会話は？　必要だった本当に？

まあ、少なくとも役者ではなさそうだった。俺と大差ない演技力だったし。

「ちなみに、わたし別に演劇部員じゃないですね」

「だとしたら本格的にいらなかったな、今のやり取り……」

「せんぱいは演劇部の方です？」

「ぜんぜん違う」

「でしょうね」

「でしょうねやめて？」

ちょっと傷つくだろうがよ。

まあいい。俺はかぶりを振って後輩に言った。

「演劇部の部室なら知ってるけど……部員に会いたいなら、部室にいる確率は低いぞ」

「えっ。あれ、そうなんですか？」

「まあ最近は違うかもしれんけど、確実に部員に会いたいなら本校舎側の稽古場に行ったほうが人がいるって話だ」

「あー……なるほどですね。道理で説明なかったわけだ……」

ぽん、と手を叩いて彼女は納得するように頷いた。それから、

「じゃああと二割は、稽古場までの道ですかねー？」

「…………」

「ちらっ」

「……案内してやるからついて来いよ」

「すみません。知らない人について行ってはいけないと親に言われておりますので」

「――はっ倒すぞお前」

「あっははは！」

けらけらと楽しそうに後輩は笑う。

なぜ俺は初対面の相手からここまで舐められているのだろう。わからない。

思わず苦虫を噛み潰したような顔になるこちらに、そこで後輩はふと頭を下げた。

「すみません。もちろん冗談です、せんぱい。まだお名前をお伺いしてないな、って」

「ああ……景行だ。景行想。高等部一年」

「これはご丁寧にどうもです、せんぱい。わたしは中等部の三年で――」

言いながら、彼女はこちらを見上げて満面の笑みを見せる。

どこかふわっとした、色素の薄いボブヘアが、その瞬間に風になびいた。

見るだけで強い好奇心を窺わせる、大きな丸い瞳が俺の目とぶつかる。

「――名前は、土倉なつき、っていいます」

もし未来になってから、この日を思い返せるのなら。

きっと、今日が本当の始まりだったのだと、俺は思うだろう。

「よければ、なつきって呼んでください。よろしくお願いしますね、想せんぱいっ！」

※

――つまるところ。

この物語は、景行想というひとりの男が、進学先の高校で、同じ音の名前を持つ五人の少女たちと出会い、そのうちのひとりを名前で呼ぼうと決めるまでの。

そう。気になる女の子の下の名前を、勇気を出して呼んでみるという程度に過ぎない、どこにでもあるありふれた恥ずかしい思春期のひと幕を描いたに過ぎない――。

嘘と打算で彩られた、恋と青春の物語である。

あとがき

この作品を書くに際し《ラブコメとは何か》ということに、長い時間をかけてひたすら頭を悩ませてみたりしました。それはもう、一時期もはやノイローゼやらトラウマにでもなるんじゃないかというくらい考えて、結論が出たかと言えば正直なところ、しっかりと言語化できるほどの答えはなかったなという風情で、今になって振り返るともうホントにコレ考えてた時間が無駄だったんじゃねえのという冷静な自分もどこかにいますが、まあそんな自覚をするくらいなら冷静でいることのほうをやめるべきなので、その手のことは一切忘れて、なんだかかんだできあがったモノがこちらです——という感じで涼暮皐です。

今作『君を「ナツキ」と呼ぶまでの物語』は、同じ名前を持ったヒロインが全部で五人登場する——というコンセプト先行で生まれた物語です。

普段はこういう作品作りをしないため、そういう意味ではかなり新鮮な執筆体験だったように振り返ってみて思います。まずヒロインから考える、みたいなのが。

ただ結果、そのお陰でラブコメらしい作品にはなったのかな、と今は捉えています。

幼いときに一度だけ出会った少女との再会。名前以外は全てが違う五人の少女たちとの交流。遥か昔の初恋と、今になって新たに生まれる想い。あのときの少女は誰なのか？

いっそ王道と言っていい本筋に、スパイスがちりばめられたような仕上がりです。

イラストを引き受けてくださったふわり先生の、鮮やかでありながら透明感のある美麗イラストが、本作の魅力をさらに引き上げてくれています。全ナツキかわいいです本当。

ともあれかくして。

いつも通り変なことを言い出す主人公と、変なことを言い出すヒロインのお話であるという点は変わりありませんので、前作までをお楽しみいただいた皆様にも、今作で初めてお会いする皆様にも――どちらも変わらずお楽しみいただけると信じてお送りします。

願わくは、この物語に登場する《誰か》を好きになっていただければ幸いです。


――それでは。

ここでは丸二年振りとなる新作、是非お楽しみくださいませ。

二〇二四年水無月　涼暮皐

「ファンレター、作品のご感想をお待ちしています」

あて先

〒102-0071　東京都千代田区富士見2-13-12
株式会社KADOKAWA　MF文庫J編集部気付
「涼暮皐先生」係　「ふわり先生」係

MF文庫J https://mfbunkoj.jp/

MF文庫J

君を「ナツキ」と呼ぶまでの物語

2024年7月25日　初版発行

著者　涼暮皐

発行者　山下直久

発行　株式会社 KADOKAWA
〒102-8177 東京都千代田区富士見2-13-3
0570-002-301（ナビダイヤル）

印刷　株式会社広済堂ネクスト

製本　株式会社広済堂ネクスト

Printed in Japan　ISBN 978-4-04-683707-3 C0193

◇◇◇

〈第21回〉MF文庫Jライトノベル新人賞

MF文庫Jライトノベル新人賞は、10代の読者が心から楽しめる、オリジナリティ溢れるフレッシュなエンターテインメント作品を募集しています！ ファンタジー、SF、ミステリー、恋愛、歴史、ホラーほかジャンルを問いません。
年に4回締切があるから、時期を気にせず投稿できて、すぐに結果がわかる！ しかもWebからお手軽に投稿できて、さらには全員に評価シートもお送りしています！

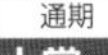

通期

大賞
【正賞の楯と副賞 300万円】
最優秀賞
【正賞の楯と副賞 100万円】
優秀賞【正賞の楯と副賞 50万円】
佳作【正賞の楯と副賞 10万円】

各期ごと

チャレンジ賞
【活動支援費として合計6万円】

※チャレンジ賞は、投稿者支援の賞です

チャンスは年4回！
デビューをつかめ！

イラスト：アルセチカ

選考スケジュール

■第一期予備審査
【締切】2024年 6月30日
【発表】2024年10月25日ごろ

■第二期予備審査
【締切】2024年 9月30日
【発表】2025年 1月25日ごろ

■第三期予備審査
【締切】2024年12月31日
【発表】2025年 4月25日ごろ

■第四期予備審査
【締切】2025年 3月31日
【発表】2025年 7月25日ごろ

■最終審査結果
【発表】2025年 8月25日ごろ

MF文庫J ライトノベル新人賞の ココがすごい！

年4回の締切！ だからいつでも送れて、**すぐに結果がわかる！**

応募者全員に評価シート送付！ 執筆に活かせる！

投稿がカンタンな**Web応募にて受付！**

チャレンジ賞の認定者は、**担当編集がついて直接指導！** 希望者は編集部へご招待！

新人賞投稿者を応援する**『チャレンジ賞』**がある！

詳しくは、
MF文庫Jライトノベル新人賞
公式ページをご覧ください！
https://mfbunkoj.jp/rookie/award/